最後の矜持

森村誠一傑作選

森村誠一
山前 譲＝編

角川文庫
23655

目次

音の架け橋

1

「子供の夏休みの間、取材を兼ねて、かねてからの懸案であったヨーロッパ一周の家族旅行をしようとおもっている。その間、よかったら家を使ってくれないか。気分転換になるかもしれないよ」

仲のよい作家仲間の山林文彦《やまばやしふみひこ》から言われた北村直樹《きたむらなおき》は、ふとその気になった。

メジャーの週刊誌から連載小説を依頼されて、その想が実らず、苦慮している時期であった。

発行部数も多く、オピニオン雑誌として社会的影響力も大きい有力週刊誌から、テーマは自由、期限は好きなだけ、おもいきって書いてもらいたいという寛大な執筆依頼に勇躍して引き受けたものの、なかなか想がまとまらない。

久しぶりの檜《ひのき》舞台だけに、後世に残るような作品を書きたいと焦れば焦るほど時間だけが経過して、心に煮つまってくるものがない。

煮つまるどころか、これまで蓄えていたものが八方に散乱して、むしろ希薄になっていくようである。

いったん精神を真っ白にして振りだしからやり直そうとおもうのだが、それができない。

思考の迷路に陥って、最も悪い方角へ向かって行くような気がする。

これでは、せっかく自分を見込んで千載一遇の機会をあたえてくれた週刊誌の期待に応《こた》えられない。

迷惑をかける前に、いっそいったん引き受けた依頼を断ろうかとおもいかけていた矢先に、山林から持ちかけられた話である。

山林の家には何度か遊びに行って、都心へのアクセスのよいわりに閑静な環境と、住み心地のよい設計を羨《うらや》ましくおもったものである。

周囲には多摩《たま》の自然が残り、地勢は起伏に富んで面白い。史跡も多い。執筆に疲れた後の散歩地に事欠かない。

一カ月ほど山林の家に仕事場を移せば、あるいは気分転換になってよい想も浮かぶかもしれないとおもった北村は、山林の勧誘を受けることにした。

山林も喜んだ。気心の知れた北村に留守の間住んでもらえば、心強い。家も荒廃しない。

その間、山林は山林家のお手伝いの老女を北村につけてくれた。

「いや、助かったよ。ばあさんをヨーロッパ一周旅行へ連れて行くのは無理だし、かといってばあさん一人残していくのも不用心だし、留守の間、きみに来てもらえば大助かりだ」

山林としては、留守中のお手伝いの老女が最大の気がかりであったらしい。

こうして夏の一ヵ月の間、北村は都下M市の山林の屋敷で生活することになった。

その間、北村の妻も二日か三日に一回、様子を見に来てくれることになった。

山林の家は小高い丘陵の上にあって、密度の濃い庭樹に囲まれている。

庭樹には巣箱がかけられていて、さまざまな野鳥が集まった。山林の話によると、五十数種の野鳥を数えたという。

山林は留守の間、彼の書斎を開放してくれた。

作家は自分の書斎をあまり同業者に見せたがらないものであるが、山林は北村のために気前よく企業秘密とも言うべき書斎を開放してくれて、必要な資料は自由に使ってくれと言った。

二階約三十坪のほとんどを占める山林の書斎には、蔵書約七千冊、小規模の図書館並みの文献が揃っている。

これに地下室約三千冊の蔵書が加わる。

さすが蔵書家で知られる山林の書斎は人生百般、古今東西の書物を網羅していて、北村を圧倒した。

一種のカルチャーショックを受けた北村は、油然《ゆうぜん》と想が胸中に漲《みなぎ》ってくる気配を感じた。これならばよい作品が書けそうな気がする。

作者にとって書くという行為は、特に北村にとっては単なる肉体労働にすぎない。なにを書くべきか、テーマと想をまとめる前段階で作品の運命は定まる。

北村の中に、これまでの経験からまことによい予感が張りつめてきた。このような予感が心身をそそのかすとき、充実した作品となって実を結ぶ。ところがであった。予感が漲り想がまとまりかけたとき、意外な伏兵に出会った。

書き出しを原稿用紙の第一ページに書き始めようとしたとき、北村は突然、天の上方から襲いかかってくる轟音《ごうおん》に驚かされた。

「あれはなんだ」

北村はペンを宙に止めたままうめいた。

それは凄《すさ》まじい轟音で、束の間周囲の空間を埋め立てた。

野鳥のさえずりや、のどかな街の物売りの声や、住宅街から漏れてくるピアノの練習曲が、その轟音によってかき消された。

単なる轟音ではない。それは大気を引き裂き、森羅万象の気配や生活の諸音の存在を許さない独裁的で戦闘的な凶音であった。

そのとき北村は窓を閉めていたが、密閉した室内にまでその凶音は容赦なく押し入ってきて、北村の仕事のために穏やかに調整されていた空間を、凶暴な気配で埋め尽くした。

轟音がやや遠ざかってから、北村はその主が上空を横切って行った飛行機であることを悟った。

そのときから轟音が間断なく山林家の上空を満たすようになった。

北村は間もなく山林の屋敷の南方十キロほどの地域に飛行場があって、そこを離着陸する飛行機の空路が、ちょうど山林家の上空にあることを知った。

その飛行場は横須賀《よこすか》を母港とする米空母艦載機の陸上基地に充てられていて、空母が寄港している間、艦載機が雲霞《うんか》のごとく飛来して、山林家の上空を絶え間ない爆音で満たした。

山林は不在中の家を使えと勧めたとき、その伏兵については一言も言わなかった。

近所の住人も、上空を騒音と排ガスと危険を振り撒《ま》きながら我がもの顔に飛びまわる艦載機を、さして気にも止めていない様子である。

多年、爆音と共に生きている間に慣れてしまったのか、あるいは耳が不感症になってしまったのであろう。

北村は一日、朝から夜まで機数を数えてみた。

一番機は午前六時ごろから飛び立ち、午後十時過ぎの最終機まで百機は超えた。

その間、数え漏れもあるだろうから、一日百数十機は飛んでいることになる。

そのうちに北村は、爆音を聞いただけで機種がわかるようになった。

空気を切り裂くような金属的な爆音は戦闘機、鈍重で腹に響くような音は爆撃機か輸送機、その中間が偵察機である。

そのうちにF14、F15などの戦闘機やP3C対潜哨戒機《たいせんしょうかいき》など、具体的な機種まで聞き分けられるようになった。

艦載機に混じって、時どきヘリコプターや市の飛行船が飛んでくる。

さらに高空を航空路が交差していて、朝夕には旅客機が飛ぶことがわかった。

そんなことに注意を逸《そ》らされて、肝心の作品の想がまとまらない。漲ってきた予感は、爆音によって跡形もなく吹き飛ばされてしまった。

この地域は一見しとやかな淑女風でありながら、とんだ化けの皮を被《かぶ》った莫連女《ばくれんおんな》（すれっからし）のように感じられた。

閑静な環境の高級住宅風の表装に欺かれて、騒音の坩堝《るつぼ》へ放り込まれてしまったのである。

ようやく昼間の爆音から解放されて、束の間の夜間の静寂を取り戻したかとおもうと、今度はＮＬＰ（夜間離着陸訓練）とか称して、空母の夜間離発艦を模して深夜の訓練が始まる。

米軍機の飛行や訓練は、安保《あんぽ》条約による地位協定によって、日本の航空法より優先されるそうである。

基地周辺の都市や市民が訓練の中止や騒音の自粛を申し入れても、馬の耳に念仏で、飛行機の数も騒音も一向に減らない。

密集した住宅地の上を超低空で翼を接して飛びまわる艦載機に、いつ惨事が発生するか予測もつかない。

事実、艦載機が墜落して住人が死んだ事故も発生した。

彼らは騒音と公害だけではなく、地域住民に重大な危険を振り撒いているのである。

北村は山林を怨《うら》んだ。そんな騒音の巣からさっさと逃げ出して、本来の自分の書斎へ帰ればよさそうなものであるが、一ヵ月の持久戦を決め込んで、必要な資料も大量に運び込んできているので、簡単に小まわりがきかない。

そんなことをすれば、ますます書けなくなってしまうことがわかっている。

むしろこの騒音の渦が気分転換のきっかけになればと願って、北村は爆音に身（耳）を慣らそうと努めた。

北村は毎日、爆音とつきあっている間に、これまで見過ごして（聞き過ごして）いたさまざまな音が同居していることを知った。

夜になって爆音が去ると、それまで消されていた多様な音が立ち上がってくる。

まず自動車や電車の音、踏切の警報機、近隣のテレビやラジオ、犬の鳴き声、住人の会話、生活の気配、また昼間、束の間爆音が途切れた間に街のざわめきや野鳥のさえずりや、風が庭樹をかすめる音などが、音の独裁者の不在を狙って一斉に生き返ってくる。

音の暴君の次に、これに準じる騒音が立ち上がる。以下階段を下りるように低レベルの音が次々に自己主張をしてくるのである。

高レベルの音が去った後に、次のレベルの音が姿を現わす。

深夜、周囲が寝静まってすべての音が絶え、鼓膜を圧迫するような静寂が張りつめた底から、風鈴や水の音や風のささやきが這《は》い寄ってくる。

最後の音はなにか。

芭蕉《ばしよう》がいみじくも詠んだように、彼にとって最後の音であった蟬の声が、北村の周辺では風鈴や水音や風の声となって静寂を深めている。

そういう音が聞こえるときは、すべての高レベルの音が絶えて、世間が寝静まった後でなければならない。

枕に耳を当てて最後の音を聞いていると、心気が昂《たかぶ》って眠れなくなることがある。

北村は音を音量順に各レベルに分けたが、音には主観性があって、大きな音だけが必ずしも神経を圧迫するとは限らないことを実感した。

その人間の置かれた状況や性格や感受性によって、平素は聞き過ごしていたかすかな音が、大きな騒音以上に神経に触れることがある。

深夜、すべての音が死に絶えた後、生き残った最後の音が枕に押し当てた耳に執拗《しつよう》に這い寄ってくるとき、それは昼間の凶悪な爆音以上に凶暴性を発揮することがある。

芭蕉は蟬の声を最後の音として、静寂を深める風趣の音に聞いたが、眠りを妨げる最後の音を風趣として余裕をもって楽しめたであろうか。

2

山林家へ来てから半月ほど後、パトカーのサイレンが近所に聞こえた。

複数のパトカーが近所へ駆け集まって来ているらしい。騒がしい気配が凝縮していた。なにか事件が発生した模様である。

北村の中に本来の好奇心がむくむくと頭をもたげてきた。

家の中に沈澱《ちんでん》していても、よい想が浮かんでくる予感はない。

北村は押っ取り刀といった体《てい》で飛び出した。

数台のパトカーが近所のある家の前に警告灯を点滅させながら停まっている。早くも野次馬が蝟集《いしゅう》してきている。

「なにがあったんですか？」

「昨夜、渋沢《しぶさわ》さんのお宅に強盗が入って、ご主人が殺されたそうよ」

「まあ、怖い」

「宅配便の配達係が、応答がないのでなにげなく家の中を覗《のぞ》き込んで見つけたんですって」

近所の住人が怖いもの見たさに家の中を覗き込みながら、ひそひそとささやき合っている。

渋沢とは近所に住む元私立高校の校長で、書道教授をしている老人である。

数年前に妻と死別して、広い古い家に独りで住んでいた。

弟子がいるのかいないのかわからないが、書道教授の看板を掲げて、近所との交際もなく、自閉的な暮らしをしていた。

妻を病で失ってから、ますます人間嫌いになり、町内会とも一切交わりを絶って孤絶している。

独り暮らしによって独善的で狷介《けんかい》な性格を促されたらしく、近所のピアノの音がうるさいの、飼い猫が庭へ入り込んできて排泄《はいせつ》したのと怒鳴り込んでくる。

近所では、また始まったと聞き流していると、すぐに一一〇番する。

そのために近所からは小言じいさんとか、一一〇番じじいなどと渾名《あだな》を奉られている。

そのくせ自分の家では冬でも風鈴を吊《つ》るしっぱなしにしたり、夜間、時間をわきまえず詩吟を唸《うな》ったりして、近所の顰蹙《ひんしゅく》を買った。

その小言じいさん渋沢伝兵衛《でんべえ》が、昨夜、強盗に侵入されて、殺されたという。

渋沢が強盗に狙われるほどの小金を溜《た》めていたとは意外であるが、犯人は渋沢家の一見宏壮《こうそう》な構えに、資産家とおもって侵入したのかもしれない。事実、渋沢は絵画や骨董《こっとう》に趣味があって、かなりの値打ち物を集めているという噂である。

渋沢家と比べてそれほど遜色《そんしょく》ない山林家に、強盗が押し入って来たならばどうなったであろうかとふと想像した北村は、背筋が冷たくなった。

あるいは渋沢は北村の身代わりに立ったのかもしれないのである。

もっともこの近所は同じように豊かな構えの家が軒を連ねて（庭を接して）いる。

集まって来た近所の住人たちは、いずれも北村と同じおもいと見えて、白茶けた顔色をしていた。

翌日の新聞報道によると、犯人は裏庭に面した錠が壊れていた浴室の窓から侵入し、被害者は就寝中、蒲団《ふとん》で鼻孔を塞《ふさ》がれたらしく、死因は窒息である。

室内には明らかに物色痕跡《こんせき》が認められた。

犯人は犯行後、玄関から逃走した模様で、玄関の錠は外されていた。

ただし、被害者が玄関のドアを常にロックしていたかどうか定かではない。

そこから発見者の宅配便の配達係は屋内を覗き込み、廊下に残された土足の跡から異常を感じ取って、死体を発見したというものである。

警察では強盗であれば、寝ている者を殺す必要はないところから、強盗を偽装した顔見知りの犯行と見て、被害者の生前の人間関係を中心に捜査を進めているそうである。

閑静な高級住宅街に突然降って湧いた殺人事件は、地域の者に深刻な衝撃をあたえた。

特に被害者が近隣から小言じいさんなどと渾名を奉られている因業な老人であっただけに、ひょっとすると犯人は近隣の住人かもしれないという疑心暗鬼を生んだ。

時ならぬ殺人事件は、北村にもショックをあたえた。

事件のおかげで連日悩まされていた飛行機の爆音が、あまり気にならなくなった。心なしか事件以後、上空を飛行する飛行機の数も少し減ったようである。夜間のNLPは終っていた。

北村にはあの凶悪な音が殺人事件の引き金になったような気がした。

締め切りは刻々と迫っていたが、依然として構想はまとまらない。このごろでは焦りを通り越してあきらめの境地である。

夜間、寝床に入って枕に耳を押し当てると、原稿督促の編集者の足音がひたひたと迫ってくるような気がして眠れなくなる。

北村にとって最後の音は編集者の足音になっていた。

それはひたひたと確実に近づいて来る。いまさら逃げるに逃げられない。

無期限の連載を締め切り直前にキャンセルされたら、埋めようがあるまい。

そんなことになったら、北村は雑誌社の期待を裏切るだけでなく、作家としての信用を失墜する。迫り来る足音からは絶対に逃げられない。

北村は開き直ったような気持ちで、その足音を聞いていた。

なにかが変わっていると悟ったのは、数日後のことである。

なにかおかしい。

それは事件の前と後の変化である。事件を境になにかが変わっている。

変わっていることは確かであるが、その変化の原因がわからない。

北村は枕に耳を押し当て、変わったものの正体をつかもうとした。

昼間の爆音が立ち去り、夜の進行と共に、各レベルごとに音が順々に死に絶えていく。

終電車の音が静寂《しじま》の奥に消え去り、自動車の騒音が絶える。街が寝静まって住人の生活の音が次々に消えていく。

それでも街は完全に寝静まらない。取り戻した静寂の底で、不眠の気配がどこかに生き残っている。

人工の気配は絶えても、自然が起きている。昼間は人工の気配に圧迫されていた自然が、夜の進行と共に目覚めてくる。

川、水、風、乱開発の中に生き残ったわずかな自然の中に棲息《せいそく》する夜行動物の蠢《うごめ》きなど、高レベルの音の下に隠されていた低レベルの音が、聴覚の表面へ浮かび上がってくる。

だが、高レベルから低レベルへ幾層にも積み重なっていた音の階層が、事件前と事件後で異なっている。

どこが異なっているのか聞き分けられないが、たしかに異なっている。

事件によって音の体系にわずかな変化が生じたのだ。

北村はその〝音体系〟の変化を探り分けようとして、凝《じ》っと耳を澄ました。

全身の注意を耳に集めて聴覚を研ぎ澄ます。遠方で落ちる針一本の音も聞き逃すまいとして、音の構成の変化を探った。

だが探り当てられない。北村は静寂の底でもどかしげに手探りした。

暗中を模索しても引っかかってくるものはない。もどかしさだけが促される。

心気はますます昂《たかぶ》り、睡魔が遠ざかっていく。

死んでいた風が遠方でよみがえったようである。梢《こずえ》で葉が鳴り、夜空を駆ける風が闇の奥からささやく。風の音は雨の音かと聞きまがう。

風がもっと強くなると、他の気配を吹き消してしまうが、その勢いの弱い間は風の行方に立ち塞がるものと触れ合って、さまざまな音や気配を生みだす。

夜の底に生まれて駆け寄ってくる風の気配を聞いていた北村は、はっとなった。

「そうだ、風鈴の音が消えている」

北村はようやく事件後の音の体系の変化の原因におもいあたった。

風鈴の音が消えているのである。

すべての音が立ち去り、消え去った後、わずかな風に運ばれて風鈴の音が漂ってきた。

南部《なんぶ》鉄の風鈴らしく、静寂の底からその鋭角的な金属音は聴覚に突き刺さるように這《は》い寄ってきた。

かすかな音であったが、ガラスの風鈴と異なり、静寂を深める効果を果たしながらも、気にし始めると、夜の底から昼間の飛行機の爆音に負けないような鋭い音となって立ち上がり、周囲を圧した。

北村にとってその風鈴が最後の音であった。

風が死に絶え、風鈴が鳴り止むと、鼓膜を圧するような静寂が屯《たむろ》した。

その最後の音が事件後、消失している。

北村はその風鈴の所在地が渋沢家であることを突き止めていた。

夏だけではなく、年間を通して母家の軒先に吊るしている風鈴は、渋沢のエゴの象徴であり、束の間の夜の静けさの底で君臨する音の暴君であった。

その最後の音が事件後消えている。

北村は事件前夜、たしかに渋沢家の風鈴の音を聞いている。

風鈴は風の強い夜は、風の音に消されてかえって聞こえない。あるかないかの弱い風に乗って、途切れ途切れに聞こえるのが風鈴である。

規則的に聞こえる音と異なり、いつ鳴り出すかわからない不規則な音であるがゆえに、気にし始めると眠れなくなってしまう。

事件前夜、弱い風が、不規則に吹きつづけ、北村は渋沢家の風鈴が耳について眠れなくなったのでよくおぼえている。

その次の夜も不眠にさせられてはたまらないと、呪うべき風鈴がいつ鳴り出すか怯《おび》えていた矢先に、パトカーのサイレンを聞いたのである。

殺人事件の発生にまぎらされてしまったが、その夜から風鈴の音が消えてしまった。

北村の記憶に誤りがなければ、渋沢が殺された当夜まで風鈴が聞こえていたはずである。

冬でも外さない風鈴を、渋沢が殺される直前に取り外したというのか。その確率はきわめて低いと見なければなるまい。

となると、渋沢以外のだれかが風鈴を外したことになる。事件発生後現場へ駆けつけて来た警察関係者が取り外したのであろうか。とすれば、なぜ警察が取り外す必要があるのか。

警察が取り外したのでなければ、だれが外したのか。

事件を発見した宅配便の配達係が風鈴を取り外す可能性はほとんどないだろう。彼がそんなことをする必要もないし、家の中の異常な気配を悟って覗《のぞ》き込み、死体を発見して、びっくり仰天して通報するまでの間に、風鈴を取り外すような余裕は考えられない。

北村は思案を集めた。

その夜、不眠のまま朝を迎えた北村は、寝不足の重い頭を抱えたまま庭へ出た。朝日が寝不足というよりはほとんど眠っていない目に眩《まぶ》しい。

今朝は野鳥がことのほか多く集まっているようである。キビタキ、オオルリ、アカモズ、ツツドリ、ビンズイなど、北村も知っている野鳥が山林家の庭に集まって来ている。

朝靄《あさもや》の烟《けむ》る庭に立って、野鳥のさえずりに包まれながら朝の冷たい空気を吸っていると、どんよりした不眠の頭がすっきりしてくるようであった。

「おはようございます」

突然隣家の庭の方角から声をかけられた。顔を向けると、隣家の夫人が境界の柵《さく》越しに箒《ほうき》を持って立っている。

表通りとの境には目隠しの塀を張りめぐらせているが、隣家との境は形ばかりの木柵を立てているだけである。

山林家を借りてから、隣家の夫人とは木柵越しに何度か顔を合わせて挨拶《あいさつ》を交わすようになっている。

北村はちょうどよい機会だとおもって、夫人に渋沢家の風鈴について確かめることにした。

「おはようございます。つかぬことをうかがいますが、渋沢さんの家の風鈴が事件後、聞こえなくなったようにおもうのですが、お気づきですか」

北村は問いかけた。

夫人はちょっと目を見張るようにして、

「あら、そうおっしゃられてみると風鈴が聞こえなくなりましたわね」

と、いま初めて気がついたように言った。

「私の記憶ちがいでなければ、風鈴の音は事件当夜まで聞こえていたような気がするのですが」

「事件が起きたのは、たしか八月十日の夜でしたわね」

「そうです」

「私もおもいだしました。たしかあの夜は夜通し弱い風が吹いていて、風鈴が鳴りつづけていましたわ。風鈴の音が耳について、なかなか寝つかれずに困ったのをおぼえています。本当にあの夜を最後に、風鈴が聞こえなくなったわ」

夫人はおもいだした表情をした。

北村は隣家の夫人に確かめて、自分の記憶に自信をもった。

やはり風鈴は事件発生当夜を境に取り外されている。

当人や警察関係者が取り外したのでなければ、だれが外したのか。

北村はそのとき、ある可能性におもいあたって凝然となった。

（もしかして犯人が……）

渋沢を殺した犯人が、犯行前後に風鈴を取り外した可能性が考えられる。

犯人がなぜそんなことをしたのかわからない。

だが犯行現場に出入りした人物として、犯人も風鈴を取り外すことができる。

もし犯人が風鈴を取り外したとすれば、なぜか。

それは犯人にとって風鈴が吊《つ》るしてあっては都合が悪かったからである。

北村は次第に自分のおもいつきに取り憑《つ》かれていった。

風鈴を取り外したのは犯人である可能性が大きい。

彼がなぜそんなことをしたのかわからないが、その理由の中に、犯人の手がかりが潜んでいるような気がした。

北村は自分のおもいつきを、自分一人の胸の中にたたみ込んでおくことができなくなった。

彼はおもいきって地元署に設けられた捜査本部に電話をかけた。

電話に応答した捜査員は、北村の意見に熱心に耳を傾けてくれた。

「なるほど。お説の通りだとすると、風鈴を取り外したのは犯人の可能性が大きいですな」

捜査員は電話口でうなずいたようである。

「警察は現場検証のとき、風鈴を取り外しませんでしたか」

「検証においては、現場の原形をできるだけ保つようにしております。警察は風鈴に手を触れておりません。そして、我々が臨場したときは風鈴は現場に見当たりませんでした」

捜査員は言った。

となると、北村説がますます可能性を大きくしてくる。

3

都下M市で発生した独居老人殺害事件の捜査本部に投入された棟居《むねすえ》は、北村直樹と名乗る作家からの電話に興味をもった。

事件当夜まで被害者宅に吊るしてあった風鈴が、事件発生後消失しているということは見過ごしにできない。

事件後の検証によっても、被害者宅にそのような風鈴は発見されていない。

死体発見者に問い合わせたが、風鈴などには手も触れていないという返事である。

被害者と発見者にはなんのつながりもなく、発見者が風鈴を外す理由はまったくない。

すると、北村の着眼通り、犯人がなんらかの理由で風鈴を取り外したと考えざるを得なくなる。棟居は捜査会議に北村の意見を伝えた。

捜査本部は北村説を重視して、当面、風鈴の行方追究に捜査の的を絞ることになった。

被害者との間に風鈴を原因にしてもめごとを起こした者はいないか。

音には主観性がある。夏の夜、涼味を呼ぶ風鈴も、聞く人によっては神経に軋《きし》る凶暴な音となる。

これまでも隣人のピアノやテレビの音が原因で殺傷事件に発展した前例がある。

新たな捜査方針の下に捜査をしたところ、近隣に住む岩松幸平《いわまつこうへい》という人間が浮かび上がった。

岩松は風鈴が嫌いで、再三、渋沢に風の強い夜や、夏季以外は風鈴を取り外すようにと談じ込んでいたそうである。

だが渋沢は頑として岩松の要請を聞き入れなかった。

実はそれ以前、岩松が家を改築したとき、普請の騒音がうるさいと言って、渋沢が岩松に再三苦情を言っていたという下地があった。

岩松はそれを普請や改築の音はおたがいさまだと言って、はねつけた。

そんな下地があったので、渋沢は、

「鍛冶屋《かじや》が引っ越して来たわけではあるまいし、風鈴がうるさかったら、あんたの家の庭に集まる野鳥に猿ぐつわをかませなよ」

とせせら笑った。

一時はつかみ合いになりそうな険悪な雲行きになったところを、ちょうど通り合わせた近所の人が中に入って押し止《とど》めたという。

捜査本部はまさか風鈴が殺人事件の引き金になったとは信じ難いおもいがしたが、

一方では隣人の騒音が原因で殺傷事件に発展している実例もあるので、岩松に参考人として任意同行を求め、事情を聴くことにした。

八月十六日朝、岩松の自宅を訪問した捜査員から任同《にんどう》（任意同行）を求められた岩松は、折から朝食中であったが、食器を取り落とし、面から血の気を失って全身が小刻みに震えた。

その場から捜査本部へ同行された岩松は、

「私は殺していません。私ではない。私じゃない」

と泣きじゃくった。

まだなにも聴かないうちの岩松の著しい反応に、取調官は手応《てごた》えをおぼえた。

「殺していないとは、だれのことを言っているのかね。まだなにも聴いていないではないか」

と問いつめられた岩松は、進退谷《きわ》まった。

「八月十日夜十一時ごろ、渋沢さんの家の風鈴がうるさくて寝つかれないので、風鈴を取り外すように頼もうとして渋沢家へ行きました。玄関の呼び鈴を押したところ、応答がないので、ドアに手をかけると鍵《かぎ》がかかっていませんでした。灯《あか》りが点《つ》いていたので、まだ起きているとおもい、家の奥に向かって声をかけましたが、返事がありません。

今夜は絶対に風鈴を取り外させようと決心してきた私は、渋沢さんに会わずには帰らないつもりでいました。渋沢さんは奥の部屋で私の声を聞いて、居留守を使っているような気がしたので、私はおもいきって家の中に上がり込みました。そして、奥の部屋の寝床の中で死んでいる渋沢さんを見つけたのです。私はそのとき、渋沢さんが殺されたとはおもいませんでした。寝ている間になにかの発作が起きて、急死したのだろうとおもいました。

びっくりして逃げ出そうとしたとき、いまこそ風鈴を取り外す絶好のチャンスだとおもいつきました。私は母屋の軒下から風鈴を取り外すと、自宅へ逃げ帰りました。そのとき届け出なかったのは、風鈴を盗んだ弱味があったことと、かかわり合いになりたくなかったからです。

翌日になって、渋沢さんが殺されたことを知り、下手をすると自分が疑われるかもしれないとおもって、ますます届け出にくくなりました。私は渋沢さんを殺していません。風鈴のことで喧嘩《けんか》をしましたが、殺そうなどとは夢にもおもいません」

岩松は泣きじゃくりながら訴えた。

試みに渋沢家の廊下に残されていた土足の跡と、岩松の足を合わせてみたところ、彼の足よりもはるかに大きなサイズの靴跡であることがわかった。

岩松は近所の会計事務所に勤めている、小心で几帳面《きちょうめん》な人物で、どうも犯人像に結びつかない。捜査本部はなおも一抹の疑惑を残して、岩松を糾問した。

「あんたがその夜、渋沢家へ行ったとき、なにか気がついたことはなかったかね」

解剖によって渋沢の死亡時刻は、当夜午後十時ごろから約二時間の間と推定されている。

岩松が事実を供述しているとすれば、彼は推定犯行時間帯のど真ん中に犯行現場に行ったことになる。

彼が犯人でなければ、犯行直後に現場に立ったことになるだろう。もしかすると犯人が現場に残っていて、身を潜めていたかもしれない。

「べつに気がついたことはありませんが」

「あんたは風鈴を取り外した。風鈴の音が気になっていたからだろう。風鈴以外になにかほかの音がしていなかったかね」

「さあ、べつに……」

「音でなくともいい。なにか気配やにおいがしなかったかね」

「においですか……そう言われてみれば」

岩松の面にかすかな反応が表われた。

「なにか気がついたにおいでもあったか」

取調官は上体を乗り出した。

「そう言われてみれば、焦げ臭いにおいがしていたような気がします」

「焦げ臭い……？」

捜査員が臨場したときは、だれもそのようなにおいを嗅《か》いでいない。

現場に焦げ臭いにおいに相応するような焼け焦げの痕《あと》も見当たらなかった。

「私は鼻は敏感な方です。そのときたしかに焦げ臭いようなにおいがしていました。でも、なにもくすぶっているような気配はありませんでした」

岩松は言い張った。

捜査本部は岩松の言葉を重視した。岩松が嗅いだ焦げ臭に見合うものを求めて、現場が再検索された。

だが、彼が嗅いだという焦げ臭の源になるようなものは発見されなかった。

視、聴、嗅《きゅう》、味、触の五感のうち、視覚、聴覚、嗅覚は対象物質がかなり遠方にあっても感覚できる。

これに対して味覚と触覚は対象物質に接近（接触）しなければ刺激を得られない。

もっとも岩松の場合、渋沢家の中で焦げ臭いにおいを嗅いだというのであるから、においの物質はそれほど遠方にあったとは考えられない。

においの本体は屋内、それも岩松のごく身近にあったのであろう。

空気中ににおい物質がどの程度存在すればにおいとして感じられるかという最低濃

度を「嗅閾値《きゅういきち》」と称する。

嗅覚の感度が特に優れた動物は犬である。犬は人間よりも百万倍も薄いにおいを嗅ぎ取る。特に脂肪酸類のにおいに敏感である。

人間も嗅閾値に個人差がある。

また喫煙者や、風邪をひいていたり、女性の生理時などには、嗅閾値が四分の一以下に落ちると言われる。

岩松は煙草を吸わず、犯行当夜、きわめて健康であったことが確かめられた。

においをもつ物質の数は約四十万と推定されている。その中で人間が嗅ぎ分けられるにおいの種類は、ごく普通の人間で数千種、経験を積んだ人で一万種以上を区別できると言われるが、三原色や四原味（甘味、塩味、苦味、酸味）に相応するような原臭はまだ確立されていない。

においの学者によって提案されたにおいの分類の中で、ツワールデマルカーの三十原臭、ヘニングの六原臭、クロッカー、ヘンダーソンの四原臭、シュッツの九原臭の中に、いずれも焦げ臭は原臭の一つとして提示されている。

つまり、焦げ臭は人間が嗅ぎ分けられるポピュラーな原臭の一つと言えるであろう。

主観性の強いにおいの中でも、焦げ臭はおおむねだれが嗅いでも焦げ臭である。

きわめて健康な岩松が犯行当夜、現場で嗅ぎ取ったという焦げ臭いにおいは、信用してよさそうである。

するとその焦げ臭を発したにおい物質はなにで、どこへ行ってしまったのか。

捜査本部は岩松が嗅いだという焦げ臭のにおい物質に事件を解く鍵が潜んでいるのではないかと睨《にら》んだ。

渋沢の身辺のにおい物質が丹念に捜された。彼の生前の人間関係の中に、そのにおい物質はないか。

だが、渋沢は人間嫌いで、社会から孤絶していた。

彼の自閉の垣根の中に侵入して来て、焦げ臭のにおい物質を運んで来た者があるはずである。

捜査本部はにおい物質の行方を追究する一方で、岩松の身辺掘り下げ捜査を行なっていた。

彼に対する疑惑を完全に解いたわけではなかったのである。

4

事件は意外なところから解明のきっかけをあたえられた。

岩松に任意同行を求めて一週間ほど後、当の岩松から捜査本部に電話があった。

「先日お話し申し上げた焦げ臭いにおいについてですが、この度、私、火災保険に入りました」

岩松の電話に応答した棟居は、火災保険が事件にどんな関係があるのだろうかと電話口でおもった。

「私はこれまであまり保険の類《たぐ》いには入ったことはないのですが、セールスマンに勧誘されるまま火災保険に加入してしまいました。契約後、どうして加入してしまったのかと考えましたところ、勧誘員が持ってきたパンフレットに焦げ臭いにおいがついていたのです。そのにおいにつられて、つい入ってしまったのですね。そのパンフレットのにおいが、あの夜、渋沢さんの家で嗅いだ焦げ臭いにおいと同じだったのです」

棟居は岩松の電話を聞いている間に緊張をおぼえた。

「以前、私の家の改築工事がうるさいと渋沢さんが苦情を言ってきたとき、うちは火災保険に入ったので、火事に遭うまでは改築しないと言っていました。ですから、渋沢さんの身辺で火災保険の関係者を探してみてはいかがですか」

岩松の示唆を受けた捜査本部は、その火災保険会社に捜査の触手を伸ばした。

岩松が契約した安心《あんしん》火災保険に問い合わせたところ、渋沢が数年前、同社の期間十年の長期総合保険に加入したことがわかった。

その保険は、「掛け捨てにならない、火災以外の災害も保障」のキャッチフレーズで、かなりの募集成績を上げたものである。

その保険契約を担当した同社代理店の外務員が追及された。

契約を担当したのは、同社S代理店の岡本真一《おかもとしんいち》という若い独身の外務員であることが判明した。

岡本の身辺を内偵したところ、岡本はなかなかの辣腕《らつわん》で、契約高も同代理店中、常にトップクラスを維持し、私生活もかなり派手であることがわかった。

また渋沢の加入をきっかけに、彼の家にも時どき出入りしていた模様である。

捜査本部に任意同行を求められた岡本真一は、当初言を左右にして言い逃れようとしていたが、捜査本部の峻烈《しゅんれつ》な取調べに屈して、ついに犯行を自供した。

「渋沢さんを殺したのは私です。保険契約をしてから渋沢さんの家に出入りしていました。数カ月前に渋沢さんから、所蔵している絵の売却を頼まれ、その代金を使い込んでしまいました。渋沢さんは厳しく代金の引き渡しを求め、期日までに支払わなければ詐欺横領で告訴すると言いました。ちょうど私に有利な縁談が起きている時期でもあり、ここで告訴されてはせっかくの良縁が破談になってしまいます。焦った私は渋沢さんを殺す以外にないと決意して、八月十日夜十時半ごろ、勝手知った渋沢さんの家の浴室の窓から忍び込みました。その窓の錠が壊れていることはあらかじめ知っていました。

渋沢さんはよく眠っていました。蒲団《ふとん》で鼻孔を塞《ふさ》いで、彼を窒息させるのはいとも簡単でした。

渋沢さんを殺した後、強盗の犯行と見せかけるために室内を荒らして、玄関先から逃げ出そうとして錠を外したところへ、だれかが訪ねて来ました。慌てて物陰に身を隠すと、だれかが玄関のドアを開いて入って来ました。その人間は渋沢さんが死んでいるのを見て、驚いたようですが、間もなく帰って行きました。そのとき保険のパンフレットは持っていませんでしたが、いつも持ち歩いているパンフレットのにおいが身体に染みついていたのだとおもいます」

5

犯人が自供して起訴された後、棟居刑事が北村の許《もと》へ、捜査協力の礼に来た。

「先生のおかげで犯人が逮捕され、事件の真相が解明されました。捜査本部を代表して感謝の意を表します」

棟居は言った。

棟居からその後の捜査の概略を聞いた北村は、

「市民として当然のことをしたまでですが、音からにおいを手繰り出し、犯人を突き止めたのはさすがですね」

と感嘆した。

「先生が目をつけた、いや耳をつけたと申すべきですか、最後の音が、犯人が現場に遺留したわずかなにおいに橋を架けたのです。我々が臨場したときは犯人のにおいはすでに消えていました。先生が架けてくださった音の橋がなかったならば、事件は迷宮入りになったかもしれません」

棟居は言った。

これは余談であるが、安心火災保険は勧誘パンフレットに焦げ臭いにおいをつけて、一気に募集成績を伸ばしたということである。

だが、そのパンフレットのにおいが殺人事件の犯人まで示すという副産物までは、さすがの保険会社も予測しなかったようである。

副産物はもう一つあった。

事件の解決が刺激になって、北村はついに構想がまとまった。

夏の休暇を終えて山林一家が帰国して来たとき、北村は首尾よく小説を書き始めていた。

殺意を運ぶ鞄

1

「あなた、お昼休みに会社の近くの郵便局から、これを振り込んでくださらない」

朝、家を出るとき、妻がなにがしかの金額と、振込用紙を藤波《ふじなみ》に渡した。

藤波の自宅から郵便局は遠い。そのため、郵便物や送金があるときは、藤波の会社の近くにある郵便局を利用している。

長期ローンを組んで、ようやく手に入れたはるかなるマイホームは、地域が東京のベッドタウンとして急激に人口が膨張したために、道路や学校や、病院や商店街や交通機関などがついて行けない。郵便局もその一つであった。社用でもよく利用するので局員と顔見知りになっているほどである。

郵便局の用事は、藤波が会社の近くで果たし、帰宅途中、下車駅の近くのスーパーやコンビニで、藤波が手に持てる限りの買物をして帰った。

同じ地域に住む人たちは、手に提げたスーパーのビニール袋が帰宅時のトレードマークのようになっている。

2

週末の終電二、三本前の電車は混んでいた。ハナキンの夜とあって、車内にはアルコールのにおいが濃厚に漂っている。退社後、一杯ひっかけたサラリーマンや、コンパ帰りの学生、店を退《ひ》けて来たホステスたちが主な乗客である。

藤波啓一《けいいち》はようやく残業から解放されて、寄り道をする気力もなく、まっすぐ家路についた。運よく空席にありついて、快い振動に身を任せている間に、うとうとと眠り込んだ。アルコールが入っていないので、眠りこけるようなことはない。

遅い時間帯の電車の中は、朝の通勤時間帯の殺人的なラッシュに伴う余裕のない緊張感はないが、荒廃した疲労と、酔い乱れた都会の倦怠《アンニュイ》があった。

こんな遅い電車で、途中何度か乗り換えて郊外のはるかなマイホームに帰って行く人たちは、また明日も早朝の電車に乗って、それぞれの職場に向かうのである。

そんな繰り返しを、定年まで大過なく勤め上げる人は三十余年間、たいして疑いもせずにつづけている。その間、転勤による変化はあっても、職場と自宅の単調な往復運動に変わりはない。

藤波もその一人であった。

二流の私大を出て二十数年、出世は早い方でも遅い方でもない。平凡な平均街道を、さしたる波瀾《はらん》もなく歩いて来た。人並みに結婚もして、妻との間に二人の子供をもうけた。都心にある職場から通勤一時間二十分の郊外に、長期ローンを組んで小さなマイホームを持った。

だが、そこまでではや窓際風である。特に能力があるわけでもなく、有力な派閥にも連なっていない。これから先、飛躍的に出世をすることはまずあり得ない。同時に、社運に決して影響をあたえることはない、いてもいなくてもどうということはないどんぐり社員であるから、失脚することもない。まずは大過なき平均的サラリーマンの平穏無事などんぐり人生と言えよう。

半醒半睡の意識に、自分の乗り換え駅名を聞いて、藤波は席から立ち上がった。網棚に上げておいた鞄《かばん》を取って、ホームへ降りた。鞄が少し重いような気がしたが、今日の昼休みに社の近くの本屋で数冊、新刊の小説を買い込んだので、疲れた身に重く感じられるのだろうとおもった。

読書は藤波の唯一の趣味と言ってよい。安上がりで、安全で、長い時間楽しめる。鞄にはいつも数冊の本を入れておくが、電車の中ではほとんど読めない。立って読むと著しく疲れるし、座ると睡魔が襲ってくる。ただ、鞄の中に本を詰めておくと、なんとなく安心する。

今日は読みたいとおもっていた本をまとめて買ったので、明日の休日が楽しみである。

藤波が帰宅すると、妻はぼんやりとテレビを見ていた。

「あら、お帰りなさい」

彼女はテレビの前から首をまわしただけで、無感動に言った。

「正《ただし》と美知子《みちこ》はもう寝たのか」

「正は昨日からゼミの旅行に行っているわよ。美知子はサークルの新入生歓迎コンパで、まだ帰って来ていないわ」

妻はあくびをしながら言った。

「嫁入り前の娘が、こんな夜遅くまでサークルとか言って、男友達と酒を飲んでいるんだろう。感心したことではないな」

「あなた、いまどきなにを言っているのよ。もっと子供たちを信用してください。それよりもお風呂《ふろ》、先になさる。それともご飯。お夕食はテーブルの上に出してあるわ。悪いけど、私、先に寝《やす》ませていただくわね」

妻はようやくテレビの前からのろのろと立ち上がった。その豚のような肢体を見ていると、二十数年以前に、彼女のどこに惹《ひ》かれて結婚したのか、悪い夢でも見ているような気がした。

風呂へ入り、遅い夕食を摂《と》ると、深夜に近い。だが、明日は休日なので、すぐに眠る気にはなれない。サラリーマンにとっては最高に楽しいハナキンの夜である。

就寝前、自分の部屋に入った藤波は、鞄を開いた。彼は、おやと首をかしげた。たしかに買ったはずの新刊書が入っていない。

そんなはずはない。書店で買って、自分の手で鞄の中に入れたはずだ。本のかわりに、ずしりと手応《てごた》えのある紙包みが出てきた。

なにげなく包みを開いた藤波は、愕然《がくぜん》として目を剝《む》いた。紙包みの中身は一万円の札束であった。

藤波はニセ札か、おもちゃの札かとおもった。だが、真券と比べてみても、なんら変わるところはない。印刷もぼかしも感触もまったく同じである。この札束はまちがいなく本物であった。

目分量で二千万、いや三千万はあるかもしれない。道理で重いはずであった。

藤波は他人の鞄を自分の鞄とまちがえて、持って来てしまったのである。外観が彼の鞄とそっくりである。

だが、藤波が下車するとき、網棚に鞄は一個しか置かれてなかった。すると、この鞄の所有者が藤波の鞄を先にまちがえて持って行ったことになる。

藤波は札束を数えてみた。札束は三千万円あった。札束のほかに、鞄の中には週刊誌、マイクロカセットレコーダー、ボールペン、名刺、ポータブルのウェットティッシュ、使いかけのコンドームの箱、電話《テレホン》カード、新宿《しんじゅく》のホテルカードなどが入っていた。

名刺にはフリーライターと肩書をつけた下城保《しもじょうたもつ》という名前が刷られている。住所は新宿区大久保《おおくぼ》二丁目二十×番地、万寿荘《まんじゅそう》。ホテルカードには三月七日の日付と、下城の名前が記されている。

どうやらこの鞄の所有者は下城保という人物らしい。そのほかには、所有者の素性を示すようなものは入っていなかった。

三千万円もの大金を失って所有者はさぞや動転しているであろう。藤波は時計を見た。午前零時を少し過ぎている。いや、時間などは問題ではない。直ちに連絡して、自分が保管していることを所有者に伝えてやらなければならない。

藤波は電話機に手を伸ばしかけて、宙に止めた。三千万円の札束が彼の視野の中に容積を増やし、視野を埋めた。三千万円となれば、重さも三・五キロ以上ある。いまの会社では、一生働いた退職金ですら、これだけの金額をもらえるかどうかわからない。

藤波の目に、行きつけの飲み屋の千代《ちよ》という女の顔が、三千万円の札束と重なって揺れた。さして美人ではないが、男好きのする顔をしており、全身に成熟した色気をまぶしている。

その千代が藤波にどうやら好意を持っているらしく、彼が行くと、他の客が妬《や》くほどにすり寄って来る。たまには彼女の喜ぶようなプレゼントを贈り、温泉にでも一緒に行きたいとおもっているが、家のローンと生活費や、子供たちの学資に追われて余裕がない。

三千万円あれば、日ごろ抑圧してきたどんな欲望でも叶《かな》えられる。千代の幻影とオーバーラップして、札束から吹きつけるように誘惑が迫ってきた。

だが、この金は他人のものである。たまたま所有者が鞄をまちがえたために、自分が一時、預かっているだけである。それにもかかわらず、権利のない金にどうしてこうも激しく引きつけられるのか。

考えてみれば、藤波はこれまでの半生、本当に自分がしたいとおもうことをいつも抑えてきた。家が貧しく、大勢のきょうだいの末っ子として生まれて、常に兄たちのお下がりで我慢しなければならなかった。

物心ついてからの玩具《おもちゃ》や衣類や学用品も、一つとして新品を買ってもらった記憶がない。それも数人の兄を経由してのお下がりであるから、彼の許《もと》へきたときはぼろぼろになっている。

ぴかぴかの新入生に混じって、すり切れた服や、薄汚れた学用品を持って入学式に臨み、どんなに恥ずかしいおもいをしたことか。

ようやく進学した大学も、アルバイトの連続であった。結婚してからは、家族の生活費と子供たちの学費、家のローンなどに圧迫され、彼の息抜きとしては月に二、三度、場末の飲み屋でコップ酒を舐《な》める程度である。

会社では社奴《しやど》として上司に顎《あご》で使われ、万年冷飯を食わされつづけてきた。

こんな藤波の人生の前に、権利はなくとも、所有者の手から一時離れた大金が、自由にしてくれと言わんばかりに、ポンと放り出されたのである。べつに藤波はその金を盗んだわけでもなければ、強奪したわけでもない。金の所有者が勝手に彼の鞄をまちがえて持ち去り、それと交換した形で、三千万円入りの鞄が残されたのである。

いや、待て。この金にはなにか曰《いわ》くがあって、所有者が故意に鞄を取りちがえたふりをして、放置したのかもしれない。と、藤波はべつの解釈を下した。

もしそうであれば、この金を返還されると所有者は困ることになるだろう。だが、所有者にとって危険な金ではあっても、その危険性を藤波が引き継ぐとは限らない。仮にこの金を藤波が自分のものとした場合は、どうなるか？　藤波はあくまでも仮定の上のこととして考えた。

所有者が故意に放置したのでなければ、必死に探すであろう。まず交番に届ける。いや、その前に自分が取りちがえた鞄の中を調べて、鞄の所有者である藤波に連絡してくるはずだ。

そうだ。重大なことを忘れていた。金の所有者はなぜ藤波に連絡して来ないのだろう。藤波は早速妻の寝室へ行って、すでに床に入っている妻を揺り起こした。

「なによぅ。急におもいだしたように。私、眠いのよ。そんな気にならないわ」

妻が勘ちがいしたらしく、寝ぐさい息を吐いて言った。

「そんなんじゃないよ。今夜、ぼくが帰って来る前に、だれかから電話がかかってこなかったか」

「電話なんかなかったわよ」

「だれか訪ねて来なかったかい」

「だれも来なかったわよ。来ていれば、あなたに言うわ。だれか来る予定でもあったの」

「いや、べつに」

「だったら、眠らせてよ」

妻は藤波にくるりと背を向けると、すぐに鼾《いびき》をかき始めた。

やはり所有者は連絡してきていない。なぜか。三千万もの大金を失って、探さないはずはない。

(やはり危険な金を放置したのか。もしそうでなければ……)

藤波は思案を凝らした。そして、はたと膝《ひざ》を打った。

そうだ。所有者は藤波に連絡したくてもできないのだ。藤波は自分の鞄の中身をおもいだした。書店で購入したばかりの本が数冊。読みさしの本が一冊。その他電卓、ハンカチ、折り畳み傘、マスクなどの雑品が入っている。だが、名刺や身分証明書、定期券、メモなど身許を示すようなものはなにも入っていなかったはずである。

本は会社の近くにある書店で購入したものであるが、それは全国に支店網のある大書店の支店の一つで、包装紙に支店名は入っていなかった。したがって、その本がどの支店で購入されたかわからない。

仮に都内の支店に見当をつけて当たったところで、昼の休憩中に集まって来た客で混雑しているときに買ったから、店員の記憶には残っていないだろう。

つまり、所有者と藤波の間は完全に切断されている。藤波がこの三千万円を横領しても、所有者はどうすることもできない。仮にこの金が熱い（危険な）札束であったとしても、所有者との間が切断されているのであるから、その危険性も断ち切られている。

三千万円が労せずして自分の手の中に転がり込んで来たのだ。千代の艶《なま》めかしい肢体がにわかに具体性を帯びて、藤波の視野にクローズアップされた。

この金はこれまで抑圧されつづけてきた藤波の人生に、いかなる欲望でも叶えてくれるアラジンのランプとして、神からあたえられたものである。

興奮が胸の深所から盛り上がってきた。それはだれとも分かち合えない種類の興奮である。そして、独占することに意味がある興奮であった。

結婚してから、愛情と睡眠はべつだと言ってさっさと寝室をべつにした妻が、この際、有り難かった。彼はその夜、三千万円を枕にして眠った。

3

翌朝、藤波は札束をべつの鞄に入れて、駅のロッカーに預け入れた。家に隠しておくと、妻に発見されてしまうかもしれない。とりあえず駅のロッカーに保管して、銀行の貸金庫《ロッカー》に預け直すつもりである。

三千万円を手に入れた藤波は、世界が変わって見えた。彼はいま、欲しいものはなんでも手に入れられる身分である。

これまでは欲望の対象との間に、絶対に越えることのできない透明な壁が張りめぐらされていたが、いまは彼が手を伸ばせば、すべて自分のものにすることができる。

このとき、藤波は初めて悟った。欲望の対象というものは、それらが叶えられる可能性があるだけで、叶えられたも同じであることを。

金持ちが欲しがらないのは、欲しいものはなんでも手に入れられる可能性があるからである。貧しい者が貪欲《どんよく》に欲しがるのは、どんなに欲しても、欲するものに決して手が届かないことを知っているからである。

夢や欲望は、それを実現することより、実現の可能性の有無が、夢や欲望を解くキーとなる。可能性があるだけで、すでに夢や欲望は達せられたと同じことなのだ。

藤波は生まれて初めてリッチな人間の心理がわかった。三千万円でリッチな気分になれたのであるから、いかに彼の半生が貧しかったかがわかる。

もはや自分より出世の早い同期の者に対しても、美しくドレスアップした若い女を見ても、高級店のショーウインドーの中にディスプレイされている豪華な商品を眺めても、羨《うらや》ましいとはおもわない。おれには三千万円があるとおもうだけで、彼らに優越感をおぼえる。

だが、まだ安心はできない。藤波の記憶している限り、彼の鞄の中身には、彼の素性や住居に結びつくようなものはなにも入れていなかったはずであるが、藤波が忘れている手がかりがあるかもしれない。その手がかりを手繰って、所有者が追いかけて来るかもしれない。

有頂天になって金を使うことはできない。所有者から金の返還を請求されたとき、返せなければ申し開きが立たない。金を返しさえすれば、一時預かっていた口実はなんとかつけられるであろう。しばらく様子を見て、所有者が追って来る気配のないことを確かめるまでは、金は使えない。

一週間経過したが、所有者が追跡してくる気配はなかった。藤波はようやく警戒の構えを解いた。もう大丈夫だ。藤波の鞄の中には彼の素性を示す手がかりはなにもなかったのだ。所有者はあきらめたにちがいない。

その後、マスコミの報道に注意していたが、三千万円を紛失したという届けが出されたという報道はなかった。

もしかすると、この金は表に出せない裏の金かもしれない。賄賂《わいろ》や、不当な取り引きの金であるために、所有者は訴えるに訴え出られない。そうであれば、所有者にとって危険な金は、藤波にとっては安全な金ということになる。

ようやく安心した藤波は、銀行に預け直した貸金庫の中から五万円を取り出して、ネックレスを購入し、千代の店に行った。

物陰に呼ばれて、藤波から美しい包みを渡された千代は一瞬、唖然《あぜん》とした。そして、それが自分へのプレゼントと知ると、顔を輝かせて藤波に抱きついて来た。

「嬉《うれ》しいわ。私、こんな凄《すご》いプレゼントをもらったのは、生まれて初めてよ。藤波さん、好き、大好き、無限大、大、大、大好きよ」

わずか五万円で若い女が無限大好きを連発し、ぴちぴちした新鮮な肉体を藤波の腕の中に寛大に任せている。

「千代ちゃん、今度、休みのときに一緒に旅行へ行かないか」

プレゼントで有頂天になっている千代の耳許《みみもと》に、藤波はささやいた。

「えっ、旅行、嬉しい。本当に連れて行ってくれるの」

千代にとっては二重の喜びであったらしい。

「もちろんだよ。きみの行きたいところへ連れて行ってやる。もっともあんまり休めないので、とりあえず一泊ぐらいのところがいいな」

藤波は一泊というところに慎重に含みを持たせた。

「私も一泊ぐらいならば、ちょうど都合がいいわ。でも……ちょっと困ったわ」

千代が当惑したように表情を翳《かげ》らせた。

「なにか都合の悪いことでもあるのかい」

藤波は、せっかく網のそばへ手繰り寄せかけた獲物が遠ざかるような不安をおぼえた。

「都合が悪いということではないけれど、私、旅行など行ったことがないので、着て行くお洋服がないの」

「なんだ、そんなことか。服なんかいくらでも買ってあげるよ」

「えっ、本当。私、以前から気に入っていたお洋服があるの」

千代はちゃっかりとこの機会を利用してねだった。

千代がどんな服をねだったところで、三千万円あるので気が大きくなっている。たった五万円のネックレスでこれほど大喜びをしているのであるから、服を追加してやれば、千代はさらに喜ぶだろう。

藤波は金の威力をまざまざと知った。三千万円転がり込んで来なければ、千代を誘うという気にもなれなかった。これまでは千代の好意に対して応《こた》えるだけの経済力というよりは、勇気がなかったのである。金は藤波に勇気をあたえてくれた。これまで彼を拒みつづけていた世間が、にわかに門戸を開いて、優しく微笑みかけてきたような気がした。

彼は三千万円を千代にやったわけではない。そのうちのほんのわずかな一部をプレゼントしただけで、千代は彼のものとなることを約束してくれた。

藤波は自信を持った。千代から約束手形をもらったことは、これまで高嶺《たかね》の花とあきらめていた世間の美しい女たちへのパスポートをもらったような気がした。

藤波は次の週末から休日にかけて、出張すると妻に言い渡した。休日にかかる出張は珍しいことではなかった。

「気をつけて行ってね」

妻はなんの不審も持たず、おざなりに言った。むしろ休日に粗大ゴミがいなくなってせいせいするというような表情であった。

千代にはデパートで、五万円のボディコンシャスのスーツを買ってやった。千代は大喜びであった。やや流行遅れの服であったが、千代の肉感的なシルエットが強調されて、成熟した肉体《アダルト》の色気に人が振り返った。

藤波は千代以上に満足であった。その衣服を脱がす場面を想像するだけで、心が躍った。

出発を明日に控えた日の朝、慌しく朝食をかき込みながら、聞くともなくテレビのニュースを聞いていた藤波は、アナウンサーが読み上げた名前に愕然《がくぜん》として、おもわず食器を落としかけた。

「十八日午後十時ごろ、東京都新宿区大久保二丁目二十×番地、アパート万寿荘一〇五号室で、入居者の下城保さん、三十一歳が死んでいるのを訪ねて来た友人が発見して、一一〇番通報しました。

新宿署で調べたところ、下城さんは鈍器で後頭部を殴られた痕《あと》があり、死後経過一週間乃至《ないし》十日と推定され、同署では殺人事件と断定、警視庁捜査一課の応援を要請して、同署に捜査本部を設置しました。

調べによると、下城さんの着衣には乱れや争った痕跡《こんせき》はなく、室内には物色された様子があり、顔見知りの者が下城さんを殺害した後、強盗の犯行に見せかけるために偽装したと見て、下城さんの交友関係などを調べています」

アナウンサーの後の言葉はたしかに耳に入っていながら、意識を通り抜けてしまった。

下城保、新宿区大久保二丁目二十×番地、万寿荘、アナウンサーが告げた氏名、住所が藤波の耳にこびりつき、エコーした。

同姓同名の別人ということもあり得るが、その名前は決してありふれたものではない。住所も一致している。三千万円の所有者にまちがいない。

所有者が殺された。つまり、三千万円はもはや永久に返還請求されなくなったのである。だれが下城を殺したのか知らないが、藤波は犯人に感謝したいおもいであった。

警察は顔見知りの犯行と睨《にら》んで、彼の交友関係を調べているそうである。被害者と藤波の間にはなんのつながりもない。

あの夜、終電の二、三本前に乗り合わせて、下城が藤波の鞄と取りちがえただけである。下城の人間関係をいくら洗ったところで、藤波が浮かび上がるはずがない。つまり、藤波は絶対の安全圏にいることになる。

濡《ぬ》れ手で粟《あわ》と言うが、藤波はまったく手を汚さずに三千万円を手に入れたことになる。おもわず、バンザイと叫びたい気持ちであった。

「あなた、なにをしてるのよ。会社、遅れるわよ」

妻に言われて、藤波ははっと我に返った。食器を手にしたまま茫然《ぼうぜん》とテレビに目を向けていた。ニュースはとうに終わって、天気予報を告げている。

藤波は慌てて立ち上がった。その弾みに茶碗《ちゃわん》が床に転がり落ちた。

「いったい、なにをそんなに慌てているのよ。まるで警察から追われている犯人みたい」

妻が皮肉っぽい口調で言った。

彼女もテレビを見ていたのである。妻はなにげなく言ったのであろうが、藤波はぎょっとなった。警察から追われている犯人のようだという妻の言葉が、ある可能性を藤波に想起させた。

下城と藤波の間は完全に切り離されているが、下城が死んで最も利益を得る者は藤波である。つまり、警察から見れば、藤波は下城を殺す動機があるということになる。もし警察が藤波の存在を探り出せば、容疑者の最前列に置くことはまちがいない。

（おい、冗談じゃないぞ）

藤波は顔面から血の気が引くのをおぼえた。

犯人に感謝したいなどと太平楽なことを言っていたが、自分自身が警察から追跡されるべきナンバーワンの人間であった。

藤波はその場を繕って家を出たが、会社に出勤する気力を失ってしまった。出社しても、仕事が手につかないことはわかっている。そんな様子から、不審を持つ者がいるかもしれない。彼は途中で会社に電話して、体調が悪いので欠勤すると伝えた。

だが、家に帰る気もしない。途中下車をして、ホテルに入り、茫然と時間を過ごした。

明日、千代と一緒に行く予定であった旅行にも、意欲を失ってしまった。あれほど楽しみにしていた初めての浮気旅行が、むしろ耐え難い苦痛に感じられる。刑事が追って来る足音を背後に聞きながら、若い女と浮気をしようという気にはとてもなれない。

千代はきっと怒るだろう。そして、藤波の人生で千載一遇のチャンスを逸してしまうことはわかっている。だが、どうしてもその気になれない。千代に断りの連絡を入れる気力もない。

その日、夜になるまでホテルの一室で茫然と過ごした藤波は、遅い時間になってからようやくホテルを出て家に向かった。妻は会社から帰宅して来たとおもっているらしい。

「明日の出張は取り止めになった」

藤波が告げると、彼女はびっくりしたような顔をして、

「あら、身体の調子でも悪いの」

と問い返した。

「いや、仕事の都合だよ」

「そう」

妻は深く詮索《せんさく》しなかった。夫が出張しようとしまいと、彼女にはどうでもよいことのようである。

「お食事は？」

妻は言葉を最小限に節約して聞いた。

「すませて来た」

「そう。お風呂《ふろ》が沸いているわよ」

妻はそれだけ言うと、テレビに目を向けた。

ホテルで軽いルームサービスを取っただけであるが、食欲はまったくない。風呂へ入る気もしなかった。

早々に自分の部屋に引きこもった藤波は、改めて下城の鞄を取り出した。金は銀行の貸金庫に預け入れてあるが、鞄とその他の中身は手許《てもと》に置いてある。

藤波は改めて名刺の名前と住所を確かめた。下城保、新宿区大久保二丁目二十×番地、万寿荘。フリーライター。まちがいない。これだけ一致していれば、同姓同名の別人ということはあり得ない。

藤波は所持品を再点検して、コンドームとホテルカードに注目した。ホテルカードの発行日付は三月七日となっている。鞄取りちがえが発生した夜の三日前である。ホテルカードには、下城様ほか御一名となっている。

コンドームのケースは定数中二枚が使用されている。消費されたコンドームを使用したパートナーは、ホテルカードに記入されている同伴者であろう。女にも可能な犯行手口である。

藤波の意識の中に、次第におもわくが膨張してきた。下城と同伴者はホテルで共に過ごすような関係であった。男と女の間によくある痴情のもつれが殺人に発展した。

もしかすると、下城の鞄に入っていた三千万円の出所は、犯人かもしれない。犯人は下城から恐喝されていた。恐喝に耐えかねて下城を殺したが、そのときすでに金は藤波の手中に転がり込んでいた。

もし下城の許に金があったなら、犯人は取り返したはずである。犯行現場に物色の様子が見られたというが、犯人が三千万円を探した形跡ではあるまいか。

藤波は鞄の中にあったマイクロカセットレコーダーを再生してみた。テープはごく一部しか録音されていなかったが、意味のないような音声が大部分であった。

まず、藤波が利用している私鉄沿線のK駅の名前のアナウンスが入っていた。しばらく雑音がつづいて、「とおりゃんせ」という童謡が聞こえた。車の警笛が断続して、次は××ですというアナウンスが入った。どうやらバスの中らしい。

いくつかの停留所名がアナウンスされ、緑ケ丘《みどりがおか》四丁目という停留所名がアナウンスされた後、音の性質が変わった。もはや停留所名のアナウンスはなく、規則的な靴音が聞こえる。「あら、ただ《ヽヽ》さん、いまお帰り？」

初めて人の声が聞こえた。それを最後に、スイッチが切られたとみえて、録音は終わった。

さらにその後も再生してみたが、それ以後のテープにはなにも録音されていなかった。

テープレコーダーは鞄の中などに入れて持ち歩いている間に、スイッチが入ってしまうことがある。このテープの録音も意図したものではなく、スイッチが偶然入ってしまったものらしい。

声をかけられたとき、またスイッチが偶然切れたのか、あるいは所持人が、テープが無駄にまわっていることに気づいて切《オフ》にしたのか、どちらかであろう。

いずれにしても、そのときマイクロカセットレコーダーを所持していた者が、ただ《ヽヽ》という人物らしいことが推測される。

下城の鞄に入っていたテープに録音されていたただ《ヽヽ》という人物は、下城と無関係ではあり得ない。それもかなり緊密な関係ではあるまいか。

藤波はただが下城のホテルカードに記載された同伴者ではないかと推測した。

藤波はホテルカードの発行先である新宿のホテルに電話して、記載されたルームナンバーがダブルルームであることを確認した。これで下城がホモセクシャルでない限り、同伴者が女性である可能性が強くなった。

藤波は捜査の素人であるが、警察はこのホテルカードや、使いかけのコンドームの箱や、マイクロカセットレコーダーは手に入れていない。それだけ藤波が警察よりも先行しているわけである。

藤波は警察よりも先に、犯人を見つけ出したいとおもった。犯人を確かめるまでは、安心ならない。もし警察が真犯人を捕らえる前に藤波の存在に気がつけば、彼を犯人と信ずるにちがいない。

仮に真犯人が捜査線上に浮かんでも、藤波の存在の前に霞《かす》んでしまうであろう。三千万円が動かぬ証拠とされる。

だからといって、せっかく手中に転がり込んできた三千万円を放棄する気はない。あれは神が藤波にあたえたもうた金である。神の恵みとして確保するためには、警察が藤波を見つけ出す前に真犯人を見つけ出して、警察の手に引き渡さなければならない。

藤波は自分で犯人探しをすることにした。手がかりはテープに録音された音声である。この音声を手繰っていけば犯人に行きつける。

藤波は千代との約束をすっぽかして、犯人探しに行くことにした。

テープに入っているK駅は、藤波の下車駅よりも三つ、東京寄りである。テープの音声を頼りに下車すると、改札は一ヵ所であったが、出口は南口と北口とがあった。テープの主はバスに乗った模様である。とりあえず賑《にぎ》やかそうな北口に出ると交差点があり、銀行、書店、各種商店が軒を並べている。折しも横断歩道の信号が青になって、「とおりゃんせ、とおりゃんせ」の童謡と共に、歩行者が横断歩道を渡り始めた。

歩行者の列について渡ると、バスターミナルがある。数台のバスが各停留所に着いている。テープの主がどのバスに乗ったかわからない。

藤波はとりあえず手近の停留所に停まっていたバスの運転手に、緑ケ丘四丁目はどのバスに乗ったらよいかと問うた。運転手は三番のバスに乗れとおしえてくれた。三番のバス停には、まだバスは着いておらず、乗客たちが行列をつくって待っている。

駅を中心とした周囲は起伏の豊かな丘陵地帯であるが、建設機械で山を削り、谷をならして東京のベッドタウンとされ、大規模な団地が駅を中心に散在しているらしい。

藤波の下車駅同様、朝夕のラッシュは凄《すさ》まじい。急激に増加した人口に追いつかないような狭い混雑した道路を、バスはのろのろと進んだ。

ようやく郊外に出たが、乗客はあまり減らない。藤波はテープのアナウンスに注意していた。平面的な町並みから外れて、起伏の豊かな地形に入って来た。丘陵の斜面から頂上に至るまで、まばらな雑木林の間に新しい家並みが叢《むら》がっている。

膨張する東京の触手が自然を蚕食《さんしょく》し、駆逐して、以前はタヌキやノウサギの天国であったはずの緑豊かな丘陵を、ウサギ小屋のような人間の栖《すみか》で埋め立てている。

バスは間もなく、丘陵を切り開いて造成したような、いわゆる新開地のスペースに新開地最初の停留所で、かなりまとまった乗客が降りた。テープのアナウンスが緑高層の集合住宅が建ち並ぶ地域に走り込んだ。

ケ丘一丁目と告げた。

四丁目のアナウンスにしたがって下車すると、目の前に小さな児童公園があり、周囲を規格的な団地の建物が取り巻いている。

三角形をした児童公園には滑り台、ジャングルジム、ぶらんこ、砂場が設けられていて、中途半端な時間のせいか、人影はなかった。

テープレコーダーの主は四丁目の停留所でバスから降りて、近所の顔見知りらしい人間から、「ただ」さん」と声をかけられた。「ただ」という姓は珍しいものではない。

この近くに「ただ」の住居があるにちがいない。

だが、団地の建物は住人の個性をユニット化された構造の中につめ込んでいて、その外観から特定の住居を見分けるのは難しい。

昼はベランダに出された洗濯物が、辛うじて各戸の個性を主張しているが、夜になると規格化された窓に同じ色の灯《ひ》が点《つ》いて、個人の集合住宅というよりは、規格化された人生の集合に見える。

その窓の灯の中では、同じような構成の家族が、似たようなメニューの食卓を囲み、同じテレビ番組を見ているのであろう。

公園の周囲を物色していた藤波は、軒を並べる団地の棟の間に、置き忘れられたような一軒の駄菓子屋を見つけた。

そんなところで商売になるのが不思議なような小さな店で、袋づめの駄菓子やアイスクリームを商っている。きっと公園に遊びに来る子どもたちが顧客なのであろう。

儲《もう》けはべつに、隠居した老女が道楽半分にやっているのだろうとおもいながら店の中を覗《のぞ》き込むと、いらっしゃいませと、その店の主婦とおもわれる意外に若い女性に声をかけられた。

咄嗟《とっさ》になにか買わなければ悪いような気がして、目についた駄菓子を二、三袋買った藤波は、

「この近所にただnumber さんというお宅はないでしょうか」

と問うた。

「ああ、ただこさんなら、そこの四三〇一号棟の四階のお部屋ですよ。ほら、ちょうど棟ナンバーが書いてある辺りです」

と彼女はその方角を指さしてくれた。

四三〇一号棟は雨水が壁面に黒い縞《しま》を描き、棟の一角が欠けていて、陰惨な感じであった。

周囲の棟の外壁が明るい色に統一されているのに対して、四三〇一号棟だけは全体に黒ずんで見えた。きっとこの団地の中で最も古い建物なのであろう。住人も何代か替わっているのかもしれない。

「実は友人に紹介されて、ただこさんに保険の勧誘に来たのですが、ただこさんはどんなお仕事をしていらっしゃるのですか」

藤波は問うた。

「あら、保険の勧誘に来たのに、そんなことも知らないのですか」

店番の主婦が疑わしげな顔になった。

「以前は学校の先生をされていたと聞きましたが、だいぶ前のことなので、友人も現在はなにをしているか聞いていないということでした」

藤波は咄嗟におもいついた嘘を言った。

「だったら、ただきんのことですわ。いまは駅の近くのビルを借りて、塾を経営されています。うちの子供もただきんにおしえてもらいました」

口から出任せに言ったことが、偶然に当たった。

「ただきんには奥さんがいらっしゃいますね。奥さんは存じ上げませんが、この機会にご一緒に勧誘しようとおもっています」

「もちろんいますよ。とても若い、綺麗《きれい》な方です」

もっといろいろと聞きたかったが、これ以上詮索《せんさく》すると疑われそうであった。

駄菓子屋の主婦におしえられた棟の階段出入口に、集合メールボックスがあり、四三〇一号棟一四一号室に多田《ただ》郁夫《いくお》という表札を見つけた。多田郁夫の妻が下城の不倫パートナーであろう。

多田のメールボックスには、一通のダイレクトメールらしい封筒が差し込まれていた。周囲に人目のないのを確かめた藤波は、その封筒を盗み取った。

そのとき、階段の上方から下りて来る足音がしたので、藤波は慌ててその場から離れた。

バス停の近くにあった公園まで引き返して来た藤波は、見つけたベンチに腰を下ろすと、盗んで来た封書を取り出した。

封を開いてみると、それは銀座《ぎんざ》の有名な宝飾店の商品案内であった。宛て名は多田千鳥《ちどり》となっている。

「とうとう見つけた」

藤波は勝利感を噛《か》みしめた。

住居は一見慎《つつ》ましいが、細君に銀座の宝飾店から案内状が来るところを見ると、裕福な暮らしぶりらしい。学習塾の経営は儲かるのであろう。三千万円の出所としてうってつけなずける。

藤波はそのとき、もう一つの可能性があることをおもいついた。

下城のホテルカードに記載された同伴者を容疑者としてマークしていたが、同伴者の身許《みもと》が多田千鳥だとすれば、彼女の夫も下城を殺す動機があることにおもい当たったのである。

多田千鳥は下城との不倫の関係をタネに、三千万円を恐喝された。もし多田郁夫がその事実を知ったならば、彼は妻を寝取られた上に、三千万円を喝取《かっしゅ》されたのである。下城を殺すべき充分な動機があると言えよう。

だが、警察が多田夫婦をマークしたという報道は、まだなされていない。ホテルカードとテープを手に入れていない警察は、下城の生前の人脈の中に多田夫婦を発見していないのであろう。

帰途、K駅の近くの貸しビルにある多田進学塾に立ち寄ってみた。六階建ての貸しビルの三フロアを借り切った進学塾は、多数の生徒を集めて繁盛しているようであった。教室もいくつかに分かれ、講師を雇って、かなり大規模な進学塾である。折から一つのクラスが終わったとみえて、中学生の一群がビルから出て来た。

藤波はその日の調査に満足して帰った。

さらに私立探偵を雇って、多田夫婦について調べようかとおもったが、やめた。多田夫婦に異常な関心を持っていることを警察に知られれば、疑いを招くとおもった。下城と多田夫婦のつながりを確認しただけで、充分である。

やや不審におもったのは、なぜ多田千鳥の住居までの音声が入ったテープが、下城の鞄《かばん》の中に入っていたかという点である。だが、これも千鳥が下城と会った後、彼の許に置き忘れたと解釈できないこともない。

その後、下城殺しについては犯人が逮捕されたという報道はない。捜査は難航しているらしい。

下城の同伴者の正体を確かめて一安心した藤波は、千代に十万円の時計を奮発して、詫《わ》びを入れた。

「先日はごめん。急な仕事が入って身動きできなくなったんだよ。連絡したくてもできなかったんだ」

十万円の時計の前に、千代は簡単に機嫌を直した。

「約束の時間に駅で待っていたのよ。でも、お仕事ならば仕方がないわ。許してあげる」

千代は藤波が贈った腕時計を手にして、すっぽかされた恨みを忘れてしまった。前に贈ったネックレスとスーツと合わせて、まだ二十万円しか使っていない。同伴者の正体を確かめて、藤波は気が大きくなっていた。

警察が多田夫婦の存在を知れば、藤波はもはや絶対安全圏に身を置くことになる。

藤波は手紙を書いた。

「K市緑ケ丘四丁目、四三〇一号棟一四一号室に居住する多田郁夫、千鳥夫妻を調べてください。多田千鳥は先日殺害された下城保氏と不倫の関係にありました。これを知って恨んだ夫の多田郁夫が、下城氏を殺した疑いが大です。下城氏と多田千鳥の不倫を示す証拠として、二人は三月七日、新宿プリンセスホテル二〇一五号室に宿泊しております。同ホテルの宿泊記録を調べれば、二人の関係は明白です」

以上の文章をワープロで打ち、捜査本部が設けられている新宿署に送った。これで捜査本部は多田夫婦を逮捕するであろう。

三千万円は確実に藤波のものになった。

今度こそ天下晴れて、千代と一泊の温泉旅行に出かけられる。千代もその気になっている。警察は藤波の投書によって、多田夫婦に対してなんらかの行動を起こすはずである。

三千万円の所有者が殺されて、その犯人が捕まる。もはや藤波を阻む障害はなにもない。藤波はしごくハッピーであった。

三千万円で、彼は世界を手に入れたような気がしていた。事実、彼が欲しいとおもうものはすべて手に入る。その可能性だけで充分満足である。

千代と約束した旅行の前日、二人の見慣れぬ男が藤波を会社に訪ねて来た。藤波は牛尾《うしお》と青柳《あおやぎ》と名乗った訪問者に心当たりがなかった。

受付に用件を確かめてもらうと、会えばわかるということである。セールスではなさそうであるが、訪問者の強引な姿勢に、いやな感じがした。

会うまでは帰らないという強い姿勢に、受付係も困っている様子である。やむを得ず応接コーナーに通させた。

藤波が入って行くと、見知らぬ二人の男が立ち上がって、頭を軽く下げた。一人は年配の穏やかな風貌《ふうぼう》をした男であり、もう一人は三十前後の眼光の鋭い隻腕《せきわん》の男である。どちらも藤波の初めて見る顔であった。

「突然お邪魔いたしまして、申し訳ありません」

年配の男が丁重に頭を下げて、新宿署の牛尾と名乗った。若い隻腕の男は青柳と自己紹介した。

彼らの素性を知って、顔が強張《こわば》った。落ち着け、刑事が来たからといって、慌てることはない。過剰な反応を見せてはいけない。と自分に言い聞かせたが、顔面が不随《ふずい》意筋《いきん》のように硬直した。

牛尾と名乗った年配の刑事は、さあらぬ顔をして、

「実は管内で発生した事件について、ちょっとうかがいたいことがございましてお邪魔しました。お手間は取らせないつもりです」

と穏やかな口調で切り出した。

「どんな事件でしょう。私でお役に立つことがありましたら、なんなりとお尋ねください」

藤波は意志の力で立ち直った。

「下城保さんという人をご存じですか」

牛尾は単刀直入に聞いた。牛尾のかたわらから青柳が鋭い視線を据えて、藤波の反応を凝視している。

藤波はとうとう来たとおもった。だが、下城殺しを担当する新宿署の刑事が来たからには、当然の質問である。

「いいえ、知りません。だれですか、そのしもじょうとかいう人は……」

藤波は万一刑事が来た場合に備えて、用意しておいた台詞《せりふ》を返した。

「報道でご存じかとおもいましたが、三月十八日、アパートで殺されていたのを発見された被害者です」

「さあ、知りませんね。あまり血腥《ちなまぐさ》いニュースには関心がありませんので」

藤波はとぼけた。

「そうでしょうなあ。毎日のように凶悪な事件が発生していると、その種の報道に不感症になってしまいます」

「いえ、不感症ではなく、そういうニュースは意識的に避けるようにしております」

藤波は刑事の言葉を訂正した。

「下城さんをご存じない……。我々もたぶんそうであったとおもいました」

牛尾が言った。

「であった」と過去形で言った牛尾の言葉が、藤波の胸に引っかかった。

牛尾が青柳に目配せをした。青柳が直接テーブルの上に取り出したものを見て、藤波はぎょっとした。それは藤波が電車の中で取りちがえられた鞄であった。

「この鞄にご記憶がおありでしょうね」

牛尾が藤波の顔を覗《のぞ》き込んだ。牛尾の口調には確信がある。それを藤波の鞄と確認することは、藤波が三千万円を横領した事実を認めるのと同じである。

藤波はここが正念場だと自分に言い聞かせた。それが藤波の鞄であるという証拠はどこにもない。刑事たちはかまをかけているのだ。

「同じような鞄を私も持っていますが……市販品ですので、同種の鞄がたくさん出まわっているとおもいます」

藤波は無難な答えをした。

「メーカーに問い合わせたところ、このタイプの鞄は現在、製造していないそうです。市場に出まわっている数量は約五千ということでした」

「五千も出まわっているのですか。それでは、同じような鞄があっても不思議はありませんね」

「お手数ですが、あなたの鞄を見せていただけないでしょうか」

牛尾の口調が粘り気を帯びてきた。

「ここには持ってきておりません。自宅に置いてあります」

「社員の方に聞きましたところ、あなたは最近まで、これと同じタイプの鞄を通勤に使用していたそうですね。本が好きで、いつも鞄の中に数冊の本を入れていたそうで」

牛尾はさりげない口調で言ったが、警察がそこまで調べていることに、藤波は衝撃を受けた。

「どうして使い慣れた鞄を、最近使わなくなったのですか」

牛尾は追いすがってきた。

「特に理由はありません。愛用していた品に飽きるということは、べつに珍しくはないでしょう」

藤波は言い返した。

「そうですね。そういうことはよくあります。ただ、あなたが愛用されていた鞄を使わなくなった時期が、下城さんが殺された頃からだったということが気になります」

「そんなことは偶然です。なんの関係もありません」

藤波はおもわず高い声を発してしまった。

「ところが、なんの関係もないとは言えないようなものが現われましてね」

牛尾の口調だけではなく、一直線に藤波に向けられているその目の色までが粘り気を帯びてきたように見えた。

牛尾からふたたび目配せされた青柳が、一枚の紙片を藤波の前に示した。それは藤波が捜査本部宛に送った投書であった。

「先日、こんなタレコミ……投書がありましてね」

牛尾と青柳の視線を集めて、藤波は……この投書を自分が書いたという証拠は絶対にないはずだと、心中、再確認をしながら、

「この投書がどうかしたのですか」

と問い返した。

「この投書の主は重大な勘ちがいをしております。投書の文言によると、多田千鳥が下城氏と不倫の関係を結んだのを怨《うら》んで、千鳥の夫、郁夫氏が下城さんを殺害したかのように書かれておりますが、千鳥の不倫の相手は下城さんではありません。したがって、多田郁夫氏には下城さんを殺す動機がありません」

藤波は頭に痛打を食ったように感じた。事実、その部分に痛みが走った。

「し、しかし、下城は多田千鳥の不倫を知って、彼女を恐喝したかもしれない。それを怒って、夫が殺すということもあるのではありませんか」

藤波は混乱する意識の中から、必死に言い返した。

「おや、恐喝したとどうしてわかるのですか。事情をよくご存じのようですな」

牛尾の声と目の色が皮肉っぽくなった。

「そんなことはだれでも想像がつきますよ」

「見事な推理です。下城さんは多田千鳥の不倫を知って、彼女を恐喝していました。夫に知られたくなければ、三千万円よこせと言ってね。千鳥は下城の恐喝に屈して、三千万円用意しました。

ところが、用意した三千万円を鞄に入れて、三月七日の夜、下城が指定した新宿プリンセスホテルの二〇一五号室に赴いたところ、下城から無理やりに関係を迫られたと供述しました。その際、多田千鳥はホテルの部屋に、メモがわりに使用しているマイクロカセットレコーダーを置き忘れたと言っています。多田千鳥から金と身体を奪われたと聞いた千鳥の不倫パートナー、湯本隆夫《ゆもとたかお》という、多田郁夫氏が経営している進学塾の講師ですが、彼が憤激して、三月十日の夜、下城のアパートに赴き、彼を殺害して、部屋の中にあった三千万円入りの鞄を奪い返したと自供しました。

湯本の自供によれば、犯行後、タクシーなどを利用しては足を残すと考え、電車で帰ったところ、網棚に載っていた同じメーカーのまったく同じタイプの他人の鞄と取りちがえてしまったということです。大金を入れた鞄を網棚に上げたのは、たぶん生まれて初めての殺人に気が動転していたせいだと言っています。湯本が取りちがえた鞄には、購入した新刊書が数冊と雑品が入っていたそうです。すると、湯本に取りちがえられた鞄の所有者の方に三千万円入りの鞄が渡っていることになります。ところが、その人物からはなにも言ってこない」

「それは当然でしょう。湯本が取りちがえたという鞄の主は、連絡したくても湯本の存在を知らないはずです。取りちがえられた鞄の中には下城の手がかりはあったとしても、湯本の手がかりはないのではありませんか」

「その通りです。下城の鞄には三千万円と下城の名刺、ホテルカード、中身の一部が使用されているコンドームの箱、多田千鳥のテープレコーダー等が入っていたそうです。したがって、下城の鞄を手に入れた者は、湯本には連絡できません。仮に湯本が取りちがえた鞄をA、下城の鞄をBとすれば、Bには所有者の手がかりが大量に入っていたのに対して、Aには所有者の手がかりはなにもありませんでした。しかし、鞄Aにたとえ手がかりがあったとしても、湯本はAの所有者に連絡できません。連絡するということは、湯本が下城を殺した犯人であることを自ら告げる形になってしまうからです。

一方、鞄Bを取得したAの所有者は、仮に下城に連絡をしたところで、すでに下城は殺されており、連絡に応《こた》えられない状態になっていました。そのうちに下城の死体が発見されたという報道に接して、Bの取得者は悪心を起こしました。Bの所有者が死んでしまえば、Bの中にあった大金は宙に浮いてしまう。しかし、Bの取得者はBの中にあった大金の存在を知っているもう一人の人間におもい当たりました。それが下城を殺した犯人です。ここで犯人が捕まってしまえば、三千万円は完全に鞄Aの所有者のものになる。そこで、彼はBの中にあったテープの音声から、多田千鳥を探し出し、彼女の夫を犯人と誤認して、捜査本部に投書したのです。多田郁夫氏を容疑者として割り出せるものは、鞄Bの取得者だけです。そして、我々はあなたがBの取得者であり、Bの中にあった資料から多田夫婦を割り出し、この投書を捜査本部に送ったと見ています」

牛尾は止《とど》めを刺すように言った。

「ど、どうして、そんなことが断定できるのですか。私が鞄Bを取得した証拠がどこにあるのですか」

藤波は土俵際に追いつめられながら、必死に抵抗した。

「それは所有者自身が気がつかなかった手がかりを、鞄Aの中に残していたからです」

「気がつかなかった手がかり……」

藤波の胸の内ににわかに不安が脹《ふく》れ上がってきた。絶対にそんなはずはないとはおもいながらも、刑事がここまで追いかけて来た事実が、見落とした手がかりの存在を明白に物語っている。

「これですよ」

青柳がタイミングを計っていたかのように、一枚の紙片を藤波の前に突き出した。

その紙片には受付番号111というナンバーと、三月十日の日付と、赤坂東《あかさかひがし》郵便局の文字が刷られている。藤波には咄嗟《とっさ》にその紙片の意味がわからない。

「このカードは赤坂東郵便局が窓口で発行している整理券《カード》です。窓口に来た客は、自動窓口受付用発券機という機械からこのカードを捥《も》ぎ取り、自分の番号を呼ばれるのを待っています。あなたは三月十日、赤坂東郵便局に行きましたね。

郵便局に問い合わせて、この整理券のナンバーに該当するのはあなただということがわかりました。通信の秘密は憲法によって保障されていますが、同時に公共の福祉による制限を受けます。あなたはこの日、同郵便局から××ガスの口座に七千八百五十円を振り込んでいますね。このスリップが鞄Aの中に残っていたのですよ。こんなスリップをわざわざ拾い上げて、鞄の中に保存しておく者はいません。指紋も顕出《けんしゅつ》されました。

整理券は窓口で番号を呼ばれたとき、本来返すものですが、窓口係は特に返すように要求していません。あなたと顔なじみの窓口係は、番号に特徴があったこともあってあなたを憶《おぼ》えていました。返し忘れた整理券をあなたは鞄Aの中に入れたまま、忘れてしまったのです。この整理券の所有者が鞄Aの所有者です。したがって、あなたは投書の主であり、三千万円の拾得者、いや横領者と言うべきでしょう。あなたはその金をどうしましたか」

牛尾と青柳の視線が藤波に凶器のように射《う》ち込まれてきた。

がっくりと肩を落とした藤波に、

「あんたはよけいなことをしたんだよ。あんたがタレコミさえしなかったら、多田千鳥は我々の捜査の網に引っかかっていなかった。多田千鳥から湯本隆夫が手繰り出され、鞄の取りちがえがわかったんだ。自ら墓穴を掘ると言うが、あんた、三千万円で人生を誤ったね」

青柳が止めを刺すように言った。

後朝《きぬぎぬ》の通夜

導師の読経と共に、弔問客の焼香が始まった。二十九歳の被葬者にしては弔問客が多い。故人とまったく関係ない一般の市民も焼香の列に加わっているようである。若い女性の喪服姿も目立つ。

葬列は切れ間なく、一般焼香の予定時間が終盤になっても、なお延々とつづいていた。明日の本葬はもっと多数の弔問客が集まるであろう。故人の壮絶な死に方が社会の関心と同情を集め、かくも盛大な葬儀となったようである。

祭壇には故人の遺影を埋めるように、多方面からの供花が並び、斎場に入りきらない供花は、斎場の出入口から構内に並べられている。

棟居弘一良《むねすえこういちろう》は故人と特に親しかった友人として、祭壇の前に設《しつら》えられた一族の席に連なっていた。弔問客が焼香して、遺影と遺族に頭を下げる都度、棟居も答礼している。

導師が退場しても、まだ弔問客の列はつづいていた。読経にかわり、式場には故人が好きであったビートルズの曲が流れていた。ビートルズと共に、故人のありし日の面影がよみがえる。

予定時間を三十分以上超えて、ようやく弔問客の列の最後尾が見えてきた。そろそろ受付や客の案内にあたっていた係の者が焼香の列に加わり始めている。

ようやく一般弔問客の焼香が終わり近くなったとき、二十代前半と見える女性が焼香台の前に立った。香炉から立つ煙が靄《もや》のように斎場を烟《けむ》らせている中に、彼女の白い面が夕顔のように浮かび上がって見えた。

焼香して、遺影に凝《じ》っと目を向け、数珠《じゅず》を持つ手を合わせて瞑目《めいもく》した。そのまま女性は微動だにせず、焼香台の前に立ち尽くした。一般弔問客の焼香台の比較的近くに席を占めていた棟居は、彼女の頰を伝い落ちる涙を見た。目尻《めじり》に溢《あふ》れた涙は頰を伝い、頰から床に滴となって落ちているようである。

焼香しながら頰を濡《ぬ》らしていた焼香客は彼女一人ではなかったが、ほとんどの人はハンカチを目に押し当てていたのに対して、彼女は涙が流れ落ちるに任せていた。まるで涙と共に、彼女の実質が流れだしてしまうのではないかとおもわれるほどに香炉の前に立ち尽くして、涙が溢れるに任せている。

その間に並んで置かれている香炉の前では、焼香者が何人も交替していた。ようやく彼女の尋常ならざる悲しみようが、人目を集めている。

だが、その女性は故人のありし日の想い出を追って、周囲を忘れているのであろう。悲嘆に打ちひしがれたその姿は、若く美しいだけに、故人との忘れられない物語を暗黙のうちに語っていた。

隣りの香炉の弔問客が少なくとも五、六人交替した後、女性はようやく我に返ったかのように合掌した手を解き、遺影に深く一礼して、焼香台の前から離れた。

棟居は彼女の後ろ姿に、背負いきれぬような悲しみの重荷を見たようにおもった。棟居は故人の最も親しい友人であると自負していたが、彼女についてはまったく知らなかった。そのような美しい恋人がいれば、必ず目につき、また話題になったはずである。

彼女が焼香台の前に立って見せた悲嘆の涙は、遺族の悲しみにもらい泣きしたのでもなければ、演技でもない。彼女自身の内から発した深い悲しみによるものであった。泣きわめくのでもなければ、だれとも悲しみを共にするのでもない。ただ一人、深い悲しみの中に立ちすくみ、滂沱《ぼうだ》として涙が頰を伝い落ちるままにしている。彼女はきっと故人を心から愛していたにちがいない、と棟居は信じた。彼自身、愛する人を何人も失っているだけに、彼女を襲った悲嘆の深さがわかる。

ようやくおおかたの弔問客が立ち去った後、棟居は遺族に、件《くだん》の女性について問うた。やはりその女性は、遺族の印象にも残っていたが、遺族や友人たちのだれ一人として彼女の素性を知る者はいなかった。

故人の母が、

「私は棟居さんが知っているとおもっていました。棟居さんがご存じないのでは、きっとだれも知らないでしょう」

と言った。

「あの女性は彼を愛していたにちがいありません。彼は生前、あの女性についてなにも言わなかったのですか」

「なにも言いませんでした。あの子にあんな美しい恋人がいるなんて、夢にもおもいませんでした」

と母親は言った。

その美しい弔問客は、棟居の胸の内に美しい幻影のように香の煙となって、いつまでも烟っていた。

故人の名前は椎谷《しいや》雅樹《まさき》、警視庁捜査一課那《な》須《す》班に配属されて間もない新鋭の刑事であった。

大学を卒業後、直ちに警察官を志望した。警察学校を出ると、碑文谷《ひもんや》署の交番勤務からスタートして、殺人事件の助勤《じょきん》を何度か務めるうちに、刑事の才能を認められた。所轄署の刑事を経て、最近、警視庁捜査一課に配属された。

正義感が強く、嗅覚《きゅうかく》は鋭く、行動力に富んだ、まさに刑事になるために生まれてきたような若者であった。椎谷を加えて、那須班の戦力は大いにアップしたのである。

特に棟居と波長が合い、刑事初年兵の椎谷に、棟居が刑事の手ほどきをした。椎谷は棟居を兄のように慕い、棟居を範とした。

「きみはもう立派に単独飛行ができる。いつもおれと組むとは限らない。捜査本部事件では所轄の刑事とペアになる。刑事《デカ》が死ぬときは一人なんだよ」

と棟居は椎谷を突き放すように言った。

「そんなことは百も承知です。デカに限らず、死ぬときは心中でもしない限り、だれでも一人ですよ」

椎谷は言い返した。

「これは一本取られたね。刑事は一人で死ぬとき、畳の上とは限らない。いや、畳の上ではない確率の方が高い。畳の上ではないが、必ず正義の上で死ぬんだ」

「正義の上で死ぬ……その言葉、いいですね」

「言葉だけではないよ。まあ、刑事の理念だな」

「理念……ますますいいですねえ。理念の上で死ねるのであれば、どこで死んでもかまいませんよ」

椎谷はふと、死に憧《あこが》れるような目つきをした。

「死が目的ではない。要するに覚悟だな。正義という使命を背負って、いつ、どこでも一人で死ねる覚悟を持っているということだよ」

ちょっときれいごとを言い過ぎたかなと棟居はおもいながらも、新人にはこれくらいのことを言っておいてちょうどいいとおもい直した。

常に不正と向かい合っている刑事は、いつの間にか不正に取り込まれてしまうこともある。医者が患者から病気をうつされるようなものであるが、医者は自ら治療法を知っているのに対して、刑事がいったん不正に取り込まれると、治癒し難い。治癒しようともおもわなくなる。

椎谷とのありし日のそんなやり取りがおもいだされた。

警察官は市民の安全のために身を挺《てい》する。たとえ自分の最も愛する人や家族が危難に陥っていても、彼らを救うのは最後に回さなければならない。赤の他人のために身命を挺するのが警察官の使命であると、棟居は信じている。

棟居は自分の家族が通りすがりの悪魔に殺害されたときも、担当の捜査に追われていて、妻子を救うために一指も挙げられなかった。

棟居一人ではない。棟居と親しい間柄の牛尾《うしお》刑事も、一人息子を行きずりの悪魔に奪われている。愛する者や親しい人を奪われただけではなく、使命のために殉じた仲間は少なくない。

那須警部は、警察官の原点はロマンティシズムにあると言った。

「使命感というロマンティシズムがなければ、縁もゆかりもない他人の命を救うために体を張らない。自分の正義を信じている。生きるということは平穏無事であればいいというものではない。本当に生きるということは、自分が納得できるように生きることだとおもう。たとえそのことによって畳の上で死ねなくても」

と。

那須は権力の犯罪に関わる殺人事件の捜査に圧力をかけられて潰《つぶ》されそうになったとき、これを拒《は》ね返し、自分が全責任を負って捜査を続行した。そのときの那須の教えが、棟居の心身に刻み込まれている。

警察官たる者、警察官を志した動機には正義感があったはずである。でも・しか警察官がいないことはないが、あらゆる職業の中で、でも・しかが最も少ないのは警察官であると信じている。たとえ不正に取り込まれても、警察官の原点には、自分の正義を信じる熱いものがあったはずである。

棟居は那須からおしえられた警察官の原点に、自分自身の不正に対する熱い怒りを加えて椎谷に吹き込んだ。椎谷を血を分けた弟のように感じていた。そして、椎谷は棟居以上に悪を憎む熱っぽい刑事になった。

だが、その椎谷が最近少し元気がなくなっていることが気になっていた。もしかすると、通夜の女性弔問客がその原因であったのかもしれない。

事件が発生したのは五日前である。那須班は裏番《うらばん》にあたり、椎谷は休《オ》み《フ》であった。事件番になれば、いつ休めるかわからない。裏番のときに休みを取る。

休日の夜、たまたま椎谷が居合わせたコンビニに二人組の強盗が入った。強盗はレジ台にいた店員を脅して、金を出せと命じた。だが、店員が抵抗したので、強盗の一人が持っていた短刀で店員を切った。

椎谷はオフであったので、警察手帳も武器も持っていなかった。彼は刺された店員を救い、強盗を阻止するために身を挺したのである。一対二の戦いになったが、椎谷は一撃で強盗の一人を床に這《は》わせ、残った一人の凶器を叩《たた》き落として制圧しかけた。

携帯電話で一一〇番に連絡を取ろうとしたとき、店内にいた椎谷は、三人目の賊が背後から近づいて椎谷を刺した。賊が侵入して来たとき、店の外に一味の一人が見張りに残っていたことを知らなかったのである。鋭利な刃物で心臓を穿通《せんつう》されながらも、椎谷は行動力を残し、賊を追跡した。

追跡途上、ついに力尽きて倒れたが、賊は椎谷に阻止されて、気勢を殺《そ》がれ一円も奪《と》らずに逃走した。

店内の一部始終は防犯ビデオに写されており、三人組の強盗一味は間もなく逮捕された。二十三歳のフリーターを首謀者に、あとの二人は二十歳になって間もない店員と予備校生であり、いずれも元暴走族であった。

椎谷を刺したのは二十歳になって間もない最も若い予備校生であった。予備校に籍は置いていたが、進学意欲を失い、ほとんど登校していない。首謀者のアパートに三人が集まって、酒を飲みながら駄弁《だべ》っている間に、コンビニには金があり、深夜には店員が一人しかいないから強盗しようということになって、椎谷を刺した予備校生を店の外に見張りに置き、二人で押し入ったという。

コンビニ従業員の生命には別状はなかったが、右手の小指と薬指がぶらぶらになるほど切られた。

おのれの身体を張って市民を守った椎谷の壮烈な殉職に、社会は感動した。しかも、休日の自由時間中の行動である。私服であり、素知らぬ顔をしていれば、それですんだ。凶器を持っている賊に、単身、素手で立ち向かわずとも、応援を求めてもよかった。

だが、その間に抵抗しているコンビニ店員は殺されてしまうかもしれない。応援を呼ぶ時間はなかった。

マスコミは警察官の鑑《かがみ》と称賛した。でも・しか警察官が増えている中で、椎谷は身をもって警察官たるべき者の姿勢を示したのである。全国の警察官は椎谷の死に粛然として襟を正した。

警察の志望動機は、正義派型が望ましい。実際にはでも・しかタイプや、昇進、生活安定、外見憧れなどが多い。だが、根底には共通して正義感が埋《うず》み火のように潜んでいると信じたい。正義の埋み火があれば、どんな動機から警察に入って来ても、次第に使命感に目覚めてくる。

埋み火のない者が不正に汚染されたり、挫折《ざせつ》したり、あるいは警察官の皮を被《かぶ》った役人や官僚になってしまう。

椎谷は警視総監賞を受け、二階級特進した。椎谷は死んで、棟居を跳躍して上級職になった。死んで昇進しても、本人はこの世に存在しない。遺族にとって死者の勲章など無意味である。

棟居は椎谷の死の責任の一端は自分にあるような気がして仕方がなかった。

警察官の原点が使命感にあるとしても、理念と現実はちがう。正義感に燃えて警察官になった者も、理念と現実の落差に失望して挫折したり、警察を去って行く者も少なくない。

おおかたの者は理念と現実の間に妥協点を見いだしてやっていく。純粋で正義感に燃えていた椎谷は、棟居の教えを忠実に守って、使命に殉じたのである。

椎谷の行動は崇高であるが、ほかに方法はなかったのか。武器を扼《やく》し、圧倒的に優位な賊に対して、単身、素手で向かい合う前に、声を出して威嚇したり、一般市民に応援を求めたりすることはできなかったのか。

　だが、それは結果論と言うべきもので、その時点においては、市民を救うために、それ以外の選択肢はなかったにちがいない。

　遺族の話によると、学生時代の椎谷は俳優志望であったという。映画が好きで、大学時代は映画研究会というサークルに入り、内外の映画を観まくっていたそうである。

「そのうちに役者になって、正義役を演技するよりも、実際に正義の実現をしたい。正義は実現しなければ意味がない、と言い出して、卒業すると警察官を志願したのです。警察に入りさえしなければ、結婚もしないうちに死なずにすんだのにとおもうと、悔しくて……」

　と言って、母親はハンカチを目に押し当てた。

「正義役ではなく、正義の実現を」

　椎谷の言葉は棟居に衝撃をあたえた。

　警察は権力機構に連なっている。人間を逮捕できる警察は権力そのものといってもよい。権力、必ずしも正義ではない。むしろ、権力を悪用して不正に与《くみ》する、あるいは自ら不正を働く。

　不正に取り込まれ、汚れた警察官を、棟居はいやというほど見ている。不正に与するくらいなら、役者になって正義役を演じている方がはるかにましである。演技ではあっても、正義をアピールできる。その影響力は大きい。

椎谷のような正義漢は、不正と隣り合っている正義実現の現場に出るよりも、正義を演技して、広く、長く正義をアピールすべきではなかったか。影響力の大きい正義役も、正義の実現に貢献している。

棟居の正論を、刑事の純粋培養のような椎谷は鵜《う》呑《の》みにしてしまった。棟居は椎谷の母親の前で面を上げられなかった。

棟居は椎谷や遺族だけではなく、通夜の斎場で悲嘆に暮れていた若い女性にも、責任をおぼえていた。香の煙に烟《けむ》った斎場の中に、夕顔のように浮かび上がった白い女性の面影が、いまだに瞼《まぶた》に焼きついている。

その後、遺族に尋ねたが、弔問客のリスト中にも、その女性らしい名前は見当たらなかったという。

彼女の素性は謎に包まれたまま、一周忌がめぐってきた。

棟居は折から発生した殺人事件の捜査本部に投入されていて、椎谷の一周忌の法事に出席できなかった。

(椎《シイ》谷ちゃん、許してくれ。きみも刑事だから、わかってくれるだろう。きみはおれが捜査本部を抜けて法事に行けば、きっと怒るよ。逆の立場でおれが先に死んで、きみが捜査を抜けて来れば怒る。事件が解決したら墓参りに行く。勘弁しろよな)

と棟居は心の中で椎谷に詫《わ》びた。

椎谷が笑って、

(棟居《ムネ》さん、刑事は義理より正義だと、棟居《ムネ》さんがおしえてくれたんじゃなかったのですか。そんなことを気にする方がおかしいですよ)

と言う声が聞こえるような気がした。

捜査本部に連日泊まり込み、聞き込みに靴をすり減らしながら、棟居は、もしかするとあの夕顔の女性が一周忌に出席するかもしれないとおもった。

もう一度、彼女に会って、その素性と故人との関係を確かめてみたい。いまさらそんなことを確かめてもなんにもならないが、どこか亡き桐子《きりこ》の面影に通うものがあって、棟居の意識に引っかかっていた。

あのような女性がいながら、椎谷はなぜ隠していたのか。あれだけの美貌《びぼう》と気品のある恋人を持っていれば、むしろ誇るべきではないか。せめて棟居には一言、恋人の存在をほのめかしてもよかったのではないのか。

棟居は椎谷が生前、少し様子が変であったことをおもいだした。なにか悩み事でもあるのか、おもいつめた表情をして黙り込んでいることがあった。声をかけるとつくり笑いをして、明るく振る舞った。棟居はあえて詮索《せんさく》しなかった。

椎谷の年代には恋の悩みが多い。男女の問題には当人同士でなければわからないデリケートな事情がある。おもい悩んだ末に、当人同士で解決できなければ、相談してくるであろうとおもっていた。

生前の椎谷のおもいつめた表情が、通夜の女性に関わっているような気がした。それも尋常の関わり方ではなかった。椎谷の遺影の前で焼香しながら涙が頰を伝うに任せて佇立《ちょりつ》していた女性は、故人と運命を共有していたような関わり方であったのかもしれない。

棟居は肩を落として斎場を去って行く女性の後ろ姿に、故人の後を追うのではないかと不吉な想像すら抱いたほどである。

一周忌の後ほどなくして、犯人は逮捕され、事件は解決した。ささやかな打上げ式の後、捜査本部は解散した。

棟居はようやく自由な時間を得て、椎谷の菩提寺《ぼだいじ》に墓参りに行った。遺族にそれとなく聞いて、通夜の女性が一周忌には現われなかったことを確かめていた。

寺務所で記帳し、水桶《みずおけ》と花を持って墓地へ入った。菩提寺の墓は松林の中にあり、松の梢《こずえ》で鴉《からす》が鳴いていた。鴉は墓参者の供え物を狙っているのであろう。

探し当てた椎谷家の墓の前に立った棟居は、目を見張った。たったいま、供えたばかりのような花束と供物が墓石の前に置かれ、線香の煙が風のない午後の空間に、ほぼ垂直に立ちのぼっている。墓石が濡《ぬ》れている。棟居の少し前に墓参をした者がいるのである。

一瞬、棟居の胸に予感が走った。線香の長さから見て、墓参者はまだ近くにいる。棟居は花と水桶を墓石の前に置くと、墓参を後回しにして、寺務所の方角へ引き返した。

途中、だれともすれちがわなかったので、前の墓参者は墓地内の別の経路を通ったのであろう。

山門に若い女性の後ろ姿が見えた。午後の光を背負ってたたずんだ彼女は、あたかもその光源であるかのように、シルエット自体が燃えていた。

棟居の足音に気がついたらしく、女性が振り返った。

「失礼ですが」

声をかけた棟居に、

「はい……?」

と答えて、彼女はとまどったような視線を向けた。

「私は故椎谷雅樹君の友人で棟居と申します」

と棟居が名乗ると、女性の面が反応して、

「椎谷さんからお噂はかねがね聞いていました」

と言った。

「お通夜の席であなたをお見かけしていましたので、つい声をかけてしまいました」

棟居は不躾《ぶしつけ》を詫びてから、

「今日は椎谷君の墓参りですか」

と改めて問うた。

「はい、一周忌に都合がつかなかったものですから」

と彼女は詫びるように言った。

「私も仕事の都合で一周忌に出られなかったので、今日墓参に来ました。ここでお会いしたのも、故人の導きではないかとおもいます。お話ししたいこともございますので、少しお時間を割いていただけませんか」

棟居は申し出た。この機会を逃しては、女性と故人との関わりを確かめられなくなる。棟居は彼女の深い悲嘆に、椎谷がどのように関わっているのか知りたかった。

それは椎谷が生前、なにごとかおもい悩んでいた様子を横目に見ながら見捨てていたことに、自責の念をおぼえていたからである。だが、それだけではない。どことなく亡き桐子に通う面影のせいでもある。

女性は一拍ためらったようであるが、うなずいた。棟居は女性についてなにも知らなかったが、彼女は椎谷から棟居についての充分な情報をあたえられていたらしい。

棟居は菩提寺の最寄り駅の近くにあった喫茶店に誘った。他に客の影はなく、カウンターにいた店のマスターらしい男は居眠りをしていた。だが、オーダーしたコーヒーは意外に香り高く、こくがあった。

テーブルを挟んで向かい合った二人は、改めて名乗り合った。彼女はこのとき初めて、時岡真美《ときおかまみ》と自己紹介した。

「通夜の会場で、あなたの深い悲しみのご様子を失礼ながら見守っていました。涙を流していた弔問客はほかにもいましたが、椎谷君に先立たれて、この先もう一人では生きていけないかのように深い悲しみに打ちのめされている人はいませんでした。ご遺族ですら、あなたほど深い悲しみを表わした人はいません。

椎谷君とは生前、特に親しくさせていただきましたが、あなたについては一言も話してくれませんでした。はなはだ不躾ですが、椎谷君とはどのようなご関係だったのですか。もしお差し支えなかったら、お話しいただけませんか」

棟居はおもいきって切り出した。

「つい我を忘れて、見苦しいところをお目にかけてしまいました」

時岡真美は面を伏せて、

「実は、雅樹さんとは愛し合っていました。電車の中で痴漢に絡まれて困っていたのを、雅樹さんに助けてもらってから、おつき合いをするようになりました。たがいの素性を知ってびっくりしましたが、もう離れられなくなってしまいました」

と少し頬を染めた。

愛し合っていたのはわかる。愛していなければ、あのような尋常ではない悲しみの色には染まらない。

「私たち、将来を誓い合っていました。でも、結婚は不可能でした」

「どうして結婚が不可能だったのですか」

「私と結婚するためには、雅樹さんに警察官を辞めてもらうか、警察官としての将来をあきらめてもらわなければなりませんでした」

「なぜですか」

結婚は両性の合意のみに基づいて成立することを憲法が保障している。

「実は、私の父は一誠会《いっせい》の者です」

「一誠会……あの暴力団の」

「はい」

束の間、棟居はつなぐべき言葉を失った。

一誠会は全国規模の広域暴力団体として、警察庁から指定されている暴力団の中でも、その構成人数や勢力範囲において、最右翼に位置している。

「一誠会系時岡組の組長・時岡基治《もとはる》が私の父です」

驚愕《きょうがく》した棟居に追い打ちをかけるように真美は言った。

時岡基治は一誠会を構成する八人の最高幹部の一人であり、時岡組は一誠会の中核団体である。棟居もマル暴（暴力団）担当の知人から、その程度の知識は得ていた。

「父上は、あなたが椎谷君と愛し合っていたことを知っているのですか」

棟居はようやく驚きから立ち直って問い返した。

「いいえ、まだ話していません。でも、雅樹さんが亡くなったあの日の翌日、雅樹さんと一緒に父に話す予定でした」

「話す予定……つまり、椎谷君はあなたとの結婚を決意したのですね」

「はい、私と結婚するために警察官を辞めると言いました」

「警察官を辞める……椎谷……君が」

正義感の塊であり、純粋培養された刑事の見本のような椎谷が、愛する女性と結婚するために警察官を辞めようと決意したことが、棟居には信じられなかった。

たとえ結婚の自由が憲法で保障されていても、警察官の結婚は事情が異なる。まず、若い警察官が結婚する場合、相手の素性が徹底的に調べられる。結婚相手の性格、経歴、職業、交友関係などはもとより、家庭環境、家族構成、家族の経歴や職業、親戚《しんせき》まで調べ尽くされる。

そして取り締まり対象業者、被疑者およびその関係者、左翼関係者、暴力団員、前歴者の子女、人妻や玄人女性、未亡人などは、好ましからざる結婚の相手とされている。

以前には娶妻願《しゅさいねがい》を上司に提出して、調査の結果、結婚相手の家族や親類・縁者の中に警察官の妻の一族としてふさわしくない者がいれば、結婚は許可されなかったという。

現在でも娶妻願の伝統は生きていて、警察官が好ましからざる相手と結婚すれば、まず出世はあきらめなければならない。まして相手が名うての指定暴力団の大幹部の娘とあっては救いがない。刑事は第一線から外され、裏方の仕事にまわされる。

正義の実現を使命感としている椎谷にとって、現場から外され、交通整理や事務管理にまわされることは、警察を辞めろと言うに等しい。

椎谷は時岡真美との結婚のために、警察を辞める決意をしたのである。それほど彼女を愛していたのであろう。その彼が、なぜ警察を去る決意をした当夜、賊に一命を賭《と》して立ち向かったのか。

「実はあの夜、私たちは雅樹さんのアパートで、初めて結ばれたんです」

真美の頰の紅潮が濃くなった。

「雅樹さんは結婚の決意を固めるまで、私を決して抱こうとしませんでした。でも、あの夜、私に決意を告げ、私たちは初めて結ばれたのです。雅樹さんは警察を辞めて、セキュリティ関係の仕事に就くと言っていました。

私は父と私は別の人間だし、憲法で保障されている結婚をするのだから、べつに警察を辞めなくてもいいのではないかと言いますと、雅樹さんは、警察でも、刑事を辞めては警察にいる意味がない。自分は刑事になるために生まれてきたような人間だ。だから、警察にいても刑事以外の仕事はできない。どうせできないのであれば、いっそのこと警察を辞めて、民間で最も刑事に近いような仕事に就きたいと言っていました。

私のために刑事を辞めて、長い将来の間に、それを後悔することにならないかと私が尋ねますと、きみはぼくのただ一人の異性だ。ただ一人の異性はこの世に一人しかいない。しかし、職業は一つではない。刑事を辞めても、必ず自分に向いている仕事を見つけることができるよと、雅樹さんは言いました。

私も雅樹さんをただ一人の異性だと信じています。だれにでもただ一人の異性はいるはずですが、出会えるとは限りません。また同じ時代に生まれ合わせるとも限りません。大多数の人々は、相手がただ一人の異性かどうかわからないまま結婚します。ただ一人の異性に出会えた私たちは、幸せであったといえます。あれほど好きだった刑事という職業よりも私を上位に、雅樹さんは置いてくれたのです。私はこの人のために生涯を捧《ささ》げようと決心しました。

初めて契りを交わしたあの夜、雅樹さんは二人で祝杯をあげようと言い出して、あいにく切らしていたビールを買いにコンビニに行ったのです。私も一緒に行くと言うのを、雅樹さんは風邪でもひくといけないからと押し止《とど》めて、一人で行きました。そして刑事として殉職してしまったのです」

真美は切々と訴えるように語った。語っている間に、感情がこみ上げてきたらしく、涙が頰を伝い、テーブルの上にぽたぽたと音をたてて落ちた。

棟居には、椎谷の心情がわかるような気がした。愛する女性と結婚するために警察を辞める決意をしたが、辞表を提出して受け取られるまでは警察官であり、刑事である。婚約の祝い酒を買いに行った先で、たまたま強盗と鉢合わせしてしまった。辞める決意はしたが、依然としてまだ警察官であった椎谷は、敢然として賊に立ち向かった。

もし椎谷が賊に挺身《ていしん》しなくとも、咎《とが》められる筋合いはない。休日でもあり、賊は武器を持ち、圧倒的に優勢である。一一〇番に連絡して、応援が駆けつけるまで待機していても、警察官としてなんら恥ずべきことはない。むしろ、その方がベストの選択であったかもしれない。

「私、雅樹さんを恨んでいます。私と結婚を誓い、警察を辞めると約束しながら、強盗に出会って、たちまち警察官に戻ってしまった。あのとき雅樹さんは私との誓いを忘れてしまったのです。忘れていなければ、雅樹さんは死なずにすんだのです。雅樹さんを恨みます。

でも、そんな雅樹さんを私は誇りにおもっています。雅樹さんは、刑事は正義のためにいつでも死ねる覚悟をしている。愛する者のために死ねるのは当たり前だけれど、縁もゆかりもない人を救うために体を張る。そんな仕事は警察官や消防士ぐらいだろう。そんな仕事を誇りにおもっている。自分は誇りのために死ねる人種なんだと言っていました。そして、私はそんな彼を恨むと同時に、誇りにおもっています。やっぱり私が愛した人だ。私が愛したただ一人の男性は、誇りのために死んだのです。私と結婚するために警察を辞めると誓っておきながら、強盗を前にして、その誇りを捨てることができなかったのです。

私には、雅樹さんが私に詫《わ》びている声が聞こえます。『許してくれ。きみとの誓いを破ってしまったことを許してほしい。でも、目の前で危難に陥っている人を見捨て、不正を見過ごしにすることは、自分の誇りが許さなかった。その誇りを捨ててきみと結婚することは、きみへの愛を冒瀆《ぼうとく》することにもなる。きみへの愛と誇りは、ぼくの中でセットになっているんだ』と言っている雅樹さんの言葉が聞こえます。私はそんな雅樹さんを愛し、そして誇りにおもっています。

でも、悲しい。辛《つら》い。誇りを捨て、愛を冒瀆してもいいから生きていてほしかったとおもうこともあります。そういうことを女のエゴと言うんでしょうね。でも、雅樹さんに誇りを捨てさせ、結婚しても、私たち、きっとうまくいかなくなったとおもいます。その意味で、私たちの愛と雅樹さんの誇りはセットになっていたのです。私、もう二度と男の人を愛することはないとおもいます。こんな悲しいおもいに、二度と耐えられません」

と時岡真美は話を終えた。

棟居は椎谷と時岡真美の悲恋を聞いて、かけるべき言葉がなかった。警察官としての誇りが愛を奪ったのである。

それにしても、愛する女性と初めて結ばれた夜に強盗に遭遇するとは、なんと皮肉な運命であろうか。神の意地悪としかおもえない悲運である。

棟居は誇りだけではないような気がした。誇り以上の刑事の本能のようなものが、椎谷を突き動かしたのかもしれない。

椎谷は時岡真美に言ったという。「自分は刑事になるために生まれてきたような人間だ」と。愛は傾斜を転がり落ちるような引力であるが、本能はなにものにも引かれない、自らの内から噴き上げる力である。

棟居は、もし自分が椎谷と同じような場面に出会ったならどうするかと、自問自答した。その場面になってみなければ棟居自身にもわからない。ただ言えることは、時岡真美が宣言したように、棟居ももう二度と女性を愛することはないであろうということである。

人を愛せない人生とは寂しいが、ただ一ついいことがある。誇りのために死んでも、悲しませる者はいないということである。誇りと愛をセットにする必要がない。誇りだけで生きていける人生は、シンプルである。

おもえば汚れた同僚たちや、挫折《ざせつ》した警察官は、誇り以外の価値を持っていたからである。棟居にはない。

「ついお聞き苦しいことをお話ししてしまいました。でも、おかげですっきりしましたわ。悲しみを胸の内に閉じ込めておくべきではありませんわね」

時岡真美は涙を拭《ぬぐ》い、本当にすっきりした表情になって笑った。棟居も彼女の素性と悲しみの源を打ち明けられて、その面差しの中に、桐子の幻を追うことはもうあるまいとおもった。

「お引き止めして申し訳ありませんでした。あなたには無限の未来があります。また新しい道が開けますよ。椎谷君もきっとそれを望んでいます」

と棟居は言った。

椎谷家の菩提寺《ぼだいじ》で時岡真美と出会ってから、棟居の意識の中に次第に違和感を増してきたものがあった。椎谷が殉職してから胸の内に休眠していたものが、真美との再会が契機《きつかけ》になって目を覚ました形である。棟居は違和感の核《コア》を見つめた。

違和感は次第に輪郭を取ってきた。棟居は事件を担当した所轄署に行って、事件現場のコンビニから領置《りょうち》した防犯ビデオのテープを見せてもらった。

テープを再生している間に、棟居の違和感は凝固してきた。彼は自分の違和感が的外れではなかったことを確信した。

棟居は事件発生時、コンビニの店番をしていて被害に遭った河本《かわもと》という従業員に会いに行った。

河本は当時大学生で、現場のコンビニでアルバイト中、強盗に遭遇したのである。彼はすでに卒業して証券会社に就職していた。外回りから帰って来た河本をようやくつかまえた棟居は、自分の素性を明かして、少し聞きたいことがあると申し出ると、河本の表情が少し硬くなったように見えた。

「会社ではご迷惑になるといけませんので、ちょっと外へ出ましょうか」

棟居が誘うと、河本は素直に従《つ》いて来た。河本にとっても職場で刑事から事情を聴かれることは好ましくないようである。

少し離れた喫茶店で向かい合った棟居は、

「お怪我はすっかりよくなったようですね」

と言った。

「はい。手当てが早かったので完治しました。後遺症もありません」

と河本は答えた。被害者が小指と薬指がぶらぶらになるほど切られた損傷《ダメージ》も、いまは一見、なんの支障もなさそうである。

「お忙しいところ、突然お邪魔いたしまして申し訳ありません。実はちょっと気になることがありましてね。ご本人に直接お尋ねしようとおもってまいりました」

棟居は用件を切り出した。

「気になることって、なんですか」

河本の面を不安の色が塗った。

「強盗が入ったコンビニに防犯ビデオがセットされていたことはご存じですね」

「はい」

「そのテープを再生したところ、どうも腑《ふ》に落ちないことがありまして」

「なんでしょう」

河本の不安の色が濃くなった。

「椎谷……殉職した刑事で、私の同僚ですが、彼を刺した三人目の賊が椎谷の背後から凶器を構えて近づいて来たとき、あなたはなにをしていたのですか」

「そ、それは……強盗に刺されて、その場に倒れていました」

河本は滞った言葉を無理に押し出すように言った。

「いいえ。テープを再生してみますと、あなたは倒れていません。あなたは賊に切られた指をハンカチで押さえて立っていました。そして賊と格闘している椎谷の方を見ていた。なんなら、これから署に同行していただいて、テープをお見せしましょうか」

棟居の言葉がねっとりしてきた。

「いえ。それには及びません。テープに写っているのであれば立っていたのでしょう」

「あなたは立って、賊と椎谷の方を見ていた。椎谷の背後から凶器を構えて近づいて来る賊も、あなたの視野に入っていたはずです」

「…………」

「あなたは三人目の賊が椎谷の背後に忍び寄っているのを見ていながら、なぜなにも言わなかったのですか」

「そ、そんな心の余裕はありませんでした。強盗に指を切られて、動転していたのです」

「いや、あなたは動転していない。指にハンカチを押し当てて血を止めた。テープを見ても、あなたは動転しているようには見えない。そのあなたが、あなたを救うために賊と闘っている椎谷の背後からもう一人の賊が襲いかかって来るのを視野に入れながら、なにも言わなかった。あなたが一言声をあげれば、椎谷はその賊に対応できたはずです。なぜあなたはそのとき黙視していたのですか」

棟居に肉薄されて、河本は、

「客が入って来たとおもったのです」

と答えた。

「凶器を手に構えていたのですよ」

「凶器は見えませんでした。とにかくよくおぼえていません。もう一年も前のことです。三人組の強盗に押し込まれて切られ、冷静でいられる方がおかしいでしょう」

「どうして三人組とわかったのですか。あなたはいま、三人目の賊が侵入して来たとき、客が入って来たとおもったと言いましたね」

「そ、それは、椎谷さんを刺したので、初めて強盗一味とわかったのです」

河本はしどろもどろの口調になった。

「刺されてからわかったことであって、椎谷に近づいて来たときは客だとおもったんでしょう。しかし、あなたはそのときすでに、彼らが三人組だということを知っていたのです」

棟居に詰め寄られて、河本が震えだした。なにか言い返そうとしているが、言葉にならない。

河本はその後否認をつづけた。棟居の報告を受けた所轄署の捜査員が、未決勾留《こうりゅう》中の三人組の強盗を改めて取り調べたところ、おもいつきの衝動的な犯行という当初の自供を翻し、当夜、勤務していたアルバイトの河本と共謀しての計画的な犯行であったと新たな供述をした。河本と三人組はゲームセンターで知り合ったということである。

警察の目をくらますために、共犯者の河本に軽く傷を負わせるつもりであったのが、手許《てもと》が狂って切りすぎてしまったということである。

椎谷が愛と一命を犠牲にして救おうとした市民は、共犯者であった。

棟居は事件の真相を探り当てて悲しかった。椎谷は恋人との愛と将来、自分の可能性のすべてを犠牲にして、いったい何のために死んだのか。椎谷は断じて犬死にではない。たとえ危難に陥っている者が世の中の害虫のような人間であろうと、それを救うために身を挺《てい》するのが、警察官としての使命である。それは重い使命である。その重さを支えるのが誇りである。

椎谷は警察の威信と、全警察官の誇りのために死んだ。いや、自分自身の誇りのために死んだのである、と棟居は信じた。

ラストシーン

その年の夏は異常に暑かった。六月中旬から三十度を超える日がつづき、ほとんど降雨のない空梅雨になった。この調子でいくと、各地の水瓶《みずがめ》は底をつき、都市部では水飢饉《みずききん》に陥るのではないかと危ぶまれた。

神奈川県警相模原《さがみはら》署刑事一課の本間《ほんま》は、雨なし日の連続に、水不足とは別の心配をしていた。

この渇水がつづいたまま本格的な夏に入ると、各地で池や湖やダムが干上がり、そこに沈められた死体が相次いで発見されるのではないかと案じていた。

自ら重しを抱いて投身した死体もあるだろうし、殺害されて沈められた死体もあるだろう。いかにも刑事らしい危惧《きぐ》であった。

管轄区域内には、池や湖やダムがある。数年前の夏にも、同じような異常気象で、管轄区域内の青《あお》沼、通称龍棲《りゅうせ》沼が干上がって、殺害された女性の死体が発見された。その事件を想起するような異常気象がつづいていた。

本間の不吉な予感は的中した。

七月十日、市域北西部の丹沢山麓《たんざわさんろく》の古油《ふるゆ》沼、地元で通称古《ふる》沼の水位が下がり、沼の底からビニールシートに包まれた異臭を発するグロテスクな物体を、野鳥を観察に来たグループが発見して、相模原署に届け出た。

相模原署員が臨場して、水深五十センチほどになった沼から、ロープを幾重にも巻かれ、重しとしてコンクリートブロック八個がくくり付けられたビニールシートの包みを岸に引き上げて調べたところ、シートの中から男性の死体が現われた。

検視によって、推定年齢三十代後半から四十代前半、小肥《こぶと》り、小柄で、死後経過六ヵ月以上と推定された。

頭部に打撲傷が認められ、これが頭蓋《ずがい》深部に深刻なダメージをあたえて死因となったものと推測された。

死者は、臙脂《えんじ》、黒、グレイの細い線が交わった細かい格子縞《こうしじま》のシャツに、紺のブレザー、モカ茶のズボン、茶色の靴下を穿《は》き、身許を示すような所持品はなにも身に着けていない。上衣《うわぎ》にネームはついていない。

ビニールシートに入念に包み、ロープでぐるぐる巻きにした上に、八個ものコンクリートブロックをくくり付けて沼の底に沈めた犯人に、本間は強い憤りをおぼえた。

犯人はこの犯行に自信を持っていたにちがいない。古油沼はその名前の通り、古い油のような水をいつも豊かに湛《たた》えている。周辺の沼や湖が干上がっても、古油沼だけはかつて底を見せたことがないという。

周囲約四百メートル、水深は沼の中央部で約三メートルある。地元の人間は沼の底から水が湧いていると言う。異常気象による渇水という犯人が予想しなかった事態が起きなければ、死体は永久に発見されなかったであろう。

「犯人は土地鑑があるな」

本間はつぶやいた。

「私もこんな山の奥に、こんな沼があったことを知りませんでしたよ」

本間の若い同僚、丹羽《にわ》が言った。

現場は丹沢山麓の相模原市域にあり、民家から離れている。ハイキングコースからもそれていて、地元の人間もあまり立ち入らない。

「犯人はこの沼の水がめったに干上がらないことを知っていた。ただ、沼の所在を知っていただけでは、そこまではわからないはずだ」

「つまり、この近くに住んでいた、あるいはいまでも住んでいる人間ということですか」

「犯人の心理として、住所の近くの沼に死体を隠すのは無理だろう。以前、この界隈《かいわい》に住んでいたか、あるいは発見者のバードウォッチャーのように、この沼に立ち寄って土地鑑を持ったのかもしれない」

事件は死体の状況から、殺人死体遺棄事件と認定されて、所轄の相模原署に刑事部長を捜査本部長とする「古油沼シート巻き殺人死体遺棄事件」捜査本部が設置され、神奈川県警捜査第一課、管轄署、隣接署、鑑識課、機動捜査隊から六十三名の捜査員が参加した。

翌日、死体は相模医大附属病院において司法解剖に付された。

解剖の結果、死因は鈍器の作用による後頭部打撲に伴う脳挫傷《のうざしょう》。肺や胃内容物に沼の藻が証明されたところから、まだ息のある間にシートに包まれて沼に沈められたと見られる。

推定死後経過は、水中にあったことを考慮して、十ないし十五ヵ月。

血液型はB型。

薬毒物の服用は認められない、というものであった。

捜査はまず、被害者の身許《みもと》割り出しから立ち上がる。死後経過十ないし十五ヵ月ということから見ても、被害者の周辺から捜索願が出されている可能性がある。

だが、警察庁情報管理センターの捜索願を受理した家出人手配ファイルに照会しても、該当者はいなかった。

被害者について捜索願が出されていないということは、被害者が社会から孤絶した生活をしていたか、あるいは犯人が近親者や親しい者である状況を示す。これは犯人が被害者の身許を隠すために入念な工作をしていることと符合する。

行きずりの犯行であれば、被害者と犯人の間に事前のつながりがないので、被害者の身許を隠す必要はない。

第一回の捜査会議において、

一、被害者の身許割り出し。

二、敷鑑《しきかん》捜査（被害者と犯人の人間関係）。

三、死体発見現場付近の地取《じどり》捜査（犯人と現場の関係、現場付近の聞き込み、犯人の足取り、遺留品などの各種捜査資料の収集）。

四、目撃者の発見。

が当面の捜査方針として決議された。

犯人は死者の身許の手がかりとなるようなものを悉《ことごと》く持ち去り、あるいは消去していた。コンクリートブロックを八個も死体の重しとしてくくりつけ、旱魃《かんばつ》に強い水量豊かな沼の底に沈めながら、万一、死体が発見された場合に備えて、身許資料を完璧《かんぺき》に消去した。

犯人にしてみれば、最大の証拠である死体も消去したかったところであろう。異常気象さえなければ、死体も沼の底に朽ち果てたはずであった。

被害者の死体は腐敗が進行しており、原形を留《とど》めているものは歯牙痕《しがこん》（歯列）のみである。

被害者の前下歯一本が内側に曲がり、左右上奥歯四分の一ほどが欠損している。これは身許特定にかなり役立つはずである。

捜査本部は相模医大歯科に被害者のデンタルチャートの作成を依頼した。

被害者が身に着けていたものは上下の下着、格子縞のシャツ、紺のブレザー、モカ茶のズボン、茶の靴下だけである。

下着、およびシャツと上衣は香港《ホンコン》製の量販店向けで、販路からの遡行《そこう》は不可能であることが確定した。

だが、ズボンは大手スーパー「エイコウ」がタイで製作した同社のオリジナル商品で、昨年の四月から八月にかけて、都内、都下、および首都圏十店舗で、約九千五百本を販売していた事実を突き止めた。無数の中からようやく九千五百に絞り込んだのである。だが、まだ九千五百である。

ズボンは既製品で、裾《すそ》を留めてない。これを購入時客の股下《またした》（寸法）に合わせて裾上げをする。

同時に死体を梱包《こんぽう》していたビニールシートとロープ、およびコンクリートブロックの出所が調べられていた。

これは被害者が直接身に着けていたものではないが、犯人を割り出す重要な資料となる。だが、ビニールシートとロープもメーカーが特定できなかった。

重しに使用されたコンクリートブロックは、なにかの建物の解体破片と見られ、解体工事の現場から運び出されたと考えられた。

都内、都下、首都圏の各所での建設工事に伴い、夥《おびただ》しい解体工事が行なわれている。解体工事と共に、大量のコンクリートの塊が廃棄物として出る。それを死体隠匿の重しとして、文字通り廃物利用したと考えられた。

「犯人は解体工事に関わっているのでしょうか」

「そうとは限るまい。工事現場からコンクリートブロックを盗み出す必要はない。産廃処理業者がごみを捨てた場所から拾ってくればいいんだ」

本間が丹羽に言った。

「工事現場はいくらでも目につきますが、産廃の捨て場となると、各業者、秘密にしていて、山の中や海中に不法に投棄する者もいて、なかなか見つかりませんよ」

丹羽が反駁《はんばく》した。

死体遺棄の重しに使用したコンクリートブロックは、捜査会議において捜査対象に含まれていなかった。だが、本間と丹羽はこれにこだわった。

九千五百本のズボンの行方を追うよりは、コンクリートブロックの出所を探る方が早いと判断した。いかに解体工事が多くても、被害者の推定死亡期間に、都内とか首都圏において九千五百件の解体工事は行なわれていないであろう。

死体は遠方から運ばれて来たとはおもえない。死体運搬距離が長くなればなるほど、犯人にとって危険が増大する。また重くてかさばるコンクリートブロックを遠方で入手したとは考えられない。

本間は鑑識にコンクリートブロックの精密検査を委嘱した。

その結果、コンクリートブロックから合成高分子系のくずとカーバイドかす、その他の廃化学物質が検出された。

このことから、重しに使われたコンクリートブロックは、製造業、それも化学工業の製造業が出所と推定された。

都内、都下、近郊に被害者の死亡推定期間内に解体された化学、または石油、ゴム製品関係会社の建物はないか。本間らは新たな捜査対象を見つけた。

並行して進められている着衣の捜査を担当していた多川《たがわ》という若い刑事が、ズボンの裾上げ部分に縫い付けられている靴ずれ防止布の針目《ステッチ》に注目した。

多川自身がズボンの裾上げに同じような防止用の布を取り付けているので気になったのである。

だが、自分のステッチとは微妙にちがう。「エイコウ」ストアからこの時期、販売された九千五百本のズボンのうち、靴ずれ防止用の布が取り付けられているのは、客からリクエストがあった約三千二百本である。

このうち、ステッチの個性によって、対象ズボンの数はかなり絞られるのではないかと考えた。

多川の着目は捜査会議を動かした。早速、「エイコウ」ストアが買い上げズボンの直しやリフォームを委嘱しているモリイリフォームの職人一人ずつに、被害者が着用していたズボンを提示して、心当たりを問うた。

何人目かに面接した古参の職人、吉原《よしはら》ます枝《え》が捜査員の示したズボンに反応した。

「このズボンの裾上げはたしかに私がしたものです」

「どうしてわかるのですか」

多川は問うた。

「この捨て縫いは私のステッチです」

「捨て縫いというと？」

「靴ずれ防止用の布を本体のズボンに取り付ける前に裁断します。断ちっぱなしですから、そのままズボンに取り付けると、鋏《はさみ》で切ったところからほつれてしまいます。これを防ぐために鋏で切ったところを二枚折りにして、ズボンに縫い付ける方法です。これを捨て縫いと呼んでいます。靴ずれ防止用の布は縦三センチ、横十六センチで、ズボンの下端に五ミリの間隔をあけて縫い付けております」

と説明した。

「あなたが捨て縫いをしたズボンの購入者の氏名や住所はわかりますか」

「お客さまから裾上げのご依頼を受けたとき、担当者がお名前とご住所、または連絡先を承っております。少々お待ちくださいませ」

吉原はお直し承り控え帳、作業手順控え帳と書かれた帳簿を取り出してきた。帳簿には客の氏名、住所、電話番号、特別の要望、受付日、仕上り日などが記入されている。

「お客さまの中には、お預けになったまま忘れてしまわれる方もいらっしゃいますので、承ったとき、お名前、ご住所、電話番号などをお尋ねしております。仕上り日を過ぎてもお引き取りがないときは、当方からご連絡申し上げますが、たいていお仕上り日にお見えになります。またリクエストがあれば、ご住所へお送りしております」

と吉原は説明した。

だが、リフォームを担当する職人は、直接客に会わない。売り場の担当者が客から裾上げについての要望を聞いて、これをお直し承り控え帳に記入して、職人に渡すという。売り場の担当者にズボンを購入した九千五百人の客の記憶を求めるのは無理であった。

「この帳簿を少々お借りできますか」

「どうぞ。記録として保管しているだけでございますから、お持ちくださいませ」

吉原は快く承諾した。

持ち帰った帳簿を丹念に調べて、吉原ます枝が捨て縫いをしたズボンの購入者七百三十一名を拾いだした。この中に被害者がいる。「吉原ます枝が捨て縫いしたズボンを購入した男」の発見に捜査の焦点が絞られた。

七百三十一名のズボン購入者をそれぞれの住所地の管轄警察の協力を得て、しらみ潰《つぶ》しに当たったところ、帳簿に記入された住所や連絡先から移転した者や、存在しない者が約三分の一の二百三十八名もいた。この二百三十八名中、移転先不明の者も多い。

残りの四百九十三名中二十五名は、病気や事故で死亡していた。彼らの死因は確認されており、事件性はない。残った四百六十八名は健在であった。

被害者は二百三十八名の移転先不明者、およびモリイリフォームの帳簿に記入した住所地、または連絡先に存在しない者の中にいる可能性が大きい。

捜査は暗礁に乗り上げた。

前原真一《まえはらしんいち》は脱サラした。五十代前半、定年まであと数年を残していたが、退社することに多少の不安はあっても、未練はなかった。

大学卒業後約三十年、常にビジネスの最前線に立つ企業戦士として働いてきた。そのことにべつに悔いはない。

四十代までは会社の運命を双肩に担っているような気概があった。高度成長の波に乗って、会社の水先案内を務めたのも自分たちであり、バブル経済崩壊後の不況の中、常に先頭に立って血路を切り開いてきたという自負がある。

五十の大台に乗って、ようやく自分の周囲を見回す余裕ができてきた。大卒後、同期に入社した仲間たちは、すでに三分の二以上が退社したり、転職したりしている。残っている仲間も内外の支社や営業所に散って、会うこともほとんどない。

前原が脱サラを決意したのは、同僚の突然の死である。

村木《むらき》達夫《たつお》、同学出身で学生時代から仲がよかった。若いころ、世界勇飛を目指して、グローバルな支店網を擁する同じ商社に入社した。

入社後も村木は常に業務畑を歩き、内外の支店、支社を駆けめぐっていた。半年前に単身赴任していたメルボルン支店から帰って来たばかりである。

本社では海外営業統轄部アジア大洋州課長として、久しぶりに一緒になった家族との団欒《だんらん》を楽しむ間もなく、日夜忙しく働いていた。

その日、部課長会議に出席した後、東京に出張して来た大洋州支配人を迎えにホテルに向かった。前日も関連業務について当事者との打ち合わせが遅くなり、帰宅は午前さまになった。

朝八時三十分からの部課長会議に出席するために、四時間ぐらいしか眠っていない。ここ連日の睡眠不足が体内に蓄積されていた。

ホテルの玄関に着いて車から降り立ったとき、足許《あしもと》がよろめき、頭が割れるような激痛をおぼえたそうである。一時的な痛みだろうと堪《こら》えながらホテルの玄関を入ったとき、倒れた。

その場から直ちに救急車で病院へ運ばれたが、クモ膜下出血と診断され、二時間後に死亡した。報《しら》せを受けた前原が病院へ駆けつけたときは、すでに村木は死んでいた。

村木が本社へ帰って来たとき、前原は久しぶりに村木と二人だけで飲んだ。そのとき、村木の顔色の悪いのが気になった。精悍《せいかん》で鋭角的であった風貌《ふうぼう》が、むくんだように丸みを帯び、よく陽に焼けた面が青黒い。口調からも、以前のような張りが失われている。

そのとき、前原は、村木が内臓のどこかが悪いのではないかとおもった。

「これまで会社のためにがむしゃらに働いてきたが、最近になってラストシーンというものを時どきおもうようになったんだよ」

村木はしみじみと述懐するような口調で言った。

「ラストシーンだって？」

「映画や小説のラストの名場面だよ。たとえば『シェーン』のアラン・ラッド扮《ふん》するガンマンと、シェーン・カム・バックと呼ぶ少年が別れるラストシーンや、『荒野の決闘』のヘンリー・フォンダ演ずるガンマンと、いとしのクレメンタインの別れのシーン、いずれも心に焼きついて離れないラストシーンだ」

「そのラストシーンが、どうかしたのかね」

「自分のラストシーンと重ね合わせるんだよ。おれの人生のラストシーンは一体どんなだろうかと……。映画のようなドラマティックなラストでないことはわかっているが、あんまりみっともない死にざまはしたくないな」

「なに言ってるんだ。おまえらしくもないことを言うなよ」

「おれたち、もう五十代だぜ。定年まであと数年だ。運よく役員になれても、一期二年の延命にすぎない。定年後は会社のだしがらになったような余生では、あまりにもつまらない。入社したとき、たがいに天下を取ってやると虹《にじ》のような夢を描いたものだが、天下を取ったところで、一社の天下だ。そして、その天下すら取れないことがはっきりしている。少なくとも自分のラストシーンは会社では迎えたくない。最近、そうおもうようになってね」

「おまえらしくもない弱気じゃないか。大体、おれたち、まだラストシーンを語る年《と》齢《し》ではあるまい」

「そうとも言えないぜ。いまの世の中、なにが起きても不思議はない」

「おまえ、疲れているんだよ。休暇があまりすぎているんだろう。たまにはゆっくりと休んだらどうだ。奥さんと温泉にでも行けば、ラストシーンなんか考えなくなるよ」

「かもしれないいな」

そんな会話を交わしたのが、つい昨日のことのようにおもわれる。

だが、帰国後、村木は休暇も取らず、相も変わらず忙しく働きつづけ、ついにクモ膜下出血で倒れた。企業戦士の壮絶な戦死であり、凄絶《せいぜつ》なラストシーンとも言える。

村木は生前、会社の枠内で自分のラストシーンを迎えたくないと言っていた。あのときの言葉は、すでにそのことを予感していたからであろうか。

前原は入社以来、最強の戦友を失ったような気がした。おもえば村木は青春の友であり、彼の人生の最も実り多い時期を共に生きた人生の仲間であった。

村木を失って、改めて彼の言葉が前原の心の内に重みを持ってきた。自分の人生のラストシーンはどんなものか。映画や小説のラストシーンは、必ずしも主人公の人生のラストシーンではない。

映画のラストシーンの後には、まだ登場人物のそれぞれの人生がつづいている。映画の主人公がスクリーンで名ラストシーンを演じた後、実生活では落ちぶれて惨めな人生のラストを迎えることも少なくない。映画のラストシーンと実人生のラストは一致しない。

だが、映画俳優やドラマの主人公は名ラストシーンを演じた後は、観客や読者にとって存在しないに等しい。つまり、俳優や小説の主人公にとっては虚構のラストシーンが、彼らの人生のラストシーンなのである。

村木の死に触発されて、前原は自分のラストシーンをおもうようになった。

前原も村木同様、企業の最前線に立っている。会社の中核戦力として、会社から求められている。組織に働く人間にとって、自分が組織から必要とされているという自意識ほど、自分を充実させるものはない。

村木が死ぬまでは、前原も企業戦士として充実していた。村木の突然死に接して、新しい視野が開けた。

それまでは自分の人生の軸足を会社に置いての視野であった。だが、村木の死によって、それが会社から外れた。村木が言っていたラストシーンを会社で見たくないという意味が、実感をもってわかった。

村木はさぞ無念であったにちがいない。企業戦士としては名誉ある戦死を遂げたとしても、それは会社のフレームの中であった。彼は会社のフレームの外で自分のラストシーンを見たかったのである。

村木の轍《てつ》を踏んではならない。このまま行けば、自分も村木の二の舞いを演じてしまう。いまならまだ間に合う。前原は妻の反対を押し切って、会社を辞めた。家族のために、人生の後半期（決算期）を無駄にしたくない。

おもえば、前原は卒業以来、自由の荒野で生きたことはなかった。世界に勇飛しても、常に会社のフレームの内であり、会社から委任された仕事を消化していたにすぎなかった。

世界の果てへ行っても会社のテリトリーである。自分の名前の上に常に社名があった。社名を告げるだけで、内外に通用した。それは自分の名前が通用したわけではない。個人の自由と人生で購《あがな》った社名の七光りであった。

だが、妻にはそのような生活が快い。夫の自由の代償ではあっても、会社の庇護《ひご》は手厚く、その待遇はよい。衣食住は保証され、社名を言うだけで社会から信用される。そんな居心地よい環境を捨てて、自らの能力で餌を探さなければならない荒野を、人生後半期に入って、なぜうろつかなければならないのか。そんな自由など欲しくはない。

定年まで、まだ数年あることだし、余生は退職金と年金でのんびりと過ごしたいと考えていた妻にとって、前原の退職宣言は青天の霹靂《へきれき》であった。

だが、あくまで退社に反対するのであれば、離婚も辞さないという前原の強い姿勢に、妻も折れた。

彼はこれまでの多少の貯《たくわ》えと退職金をすべて投じて、郷里の埼玉県熊谷《くまがや》市に、居抜きで売りに出ていた小さな店を見つけ、レストランを開業した。以前は「レコンキスタ」という店名の南欧料理のレストランで、前原も何度か立ち寄ったことがある。味がよく、料金もリーズナブルで、繁盛していた。

だが、経営者が高齢になり、店の維持が辛《つら》くなって売りに出した。売値も安く、営業環境もよいので、前原はそれを買い取ることにした。

レコンキスタ（奪回）という店名も気に入っていた。コックもそのまま働きたいということであった。

「一流商社の課長の妻から、場末の一膳飯屋《いちぜんめしや》の女将《おかみ》になるなんて、いやだわ」と最初は難色を示していた妻の朝子《あさこ》も、レコンキスタを実地に見て、気に入ったようであった。

レコンキスタの経営に際して、前原の商社マンとしての経歴が大いに役立った。現役中、世界を飛び回ったおかげで、各国の珍しい料理や食材を知っている。これを集めるコネも持っていた。

旧店のメニューに加えて、前原が商社時代の人脈を駆使して集めた世界の食材を用いたエスニック料理は、客の評判を呼んで、旧店以上に繁盛した。

当初、場末の一膳飯屋と侮っていた妻も、意外な評判に気をよくして、積極的に協力するようになった。

　二十数坪、三十人も入れば満席になってしまう小さな店であるが、それはまぎれもなく前原のテリトリーであった。

　彼が経営者であり、全従業員（五名）は、彼の意志の下に動く。会社の意志ではなく、彼の純粋な意志である。前原はいい気分であった。

　だが、いい気分に酔ってばかりはいられない。この世界はそれぞれ経営規模が小さいだけに、弱肉強食どころか、弱者が弱者を食い合って生きている。片時たりとも経営努力を怠れば、たちまち食われてしまう。

　前原は、食い物店には、原則として固定客はいないことを肌身に刻んで知った。どんなに気に入った料理や食物でも、毎日、同じものは食べない。

　界隈《かいわい》にエスニック料理とはまったく別種のそば屋や鮨屋《すしや》ができても、影響を受ける。まして、同種の、より魅力的な店ができれば、十年の常連といえども奪われてしまう。大商社の名声と信用に胡座《あぐら》をかいていた殿様商売とは、天地のちがいがあった。

　弱者が弱者を食う生存競争は、弱肉強食の世界よりも熾烈《しれつ》である。だが、その熾烈さに自由の手応《てごた》えがあった。企業間競争は熾烈ではあっても、会社の保護は厚い。

　企業戦士は決して敗れることのない軍隊に所属しているようなものであった。異国で孤軍奮闘していても、常に社名と社力が背後にある。社名を名乗るだけで、相手が信用し、あるいは恐れをなして道を開くことも多い。

無名の人間には、なんの保護もない。信用もない。生きるのも自由、野垂れ死にするのも自由である。

前原は自分のラストシーンを野垂れ死にと重ねた。企業最前線の戦死と、自由の荒野で野垂れ死ぬのと、どちらが我が人生のラストシーンとしてふさわしいか。

村木の葬儀は準社葬の扱いを受けた。都内の著名な斎場で行なわれた葬儀には、社長以下、全重役が会葬し、財界の重鎮からも葬花が寄せられた。だが、悲しんでいるのは遺族だけで、形式的でそらぞらしい葬儀であった。

飼い犬がけっこうな犬小屋で飼い主に手厚く看取《みと》られて死ぬのと、野良犬が荒野でただ一匹野垂れ死ぬのと、自分はどちらを選ぶか。

前原はどちらもいやだとおもった。犬小屋の死もいやだが、荒野で野垂れ死にしたくもない。死ねば、自分が消滅してしまうのであるから、どんな死に方をしようと同じであるが、生前におもう自分のラストシーンは平凡で平和なものがよい。

一人ではなく、せめて数人の身寄りか、親しい人たちに看取られたい。そして、首に自由を束縛する首輪は付けていたくない。

前原は脱サラして、会社の首輪から解き放されたが、同時に餌を自力で探さなければならない身分になった。

毎月二十五日になっても給料は振り込まれてこない。開店前後は金は出ていく一方であった。退職金と貯えはたちまち底をつきかけた。全身の血液を抜かれていくような心細さであった。

レコンキスタが開店し、ようやく経営が軌道に乗りかけても、巡航速度に達するにはほど遠い。閉店中、逃げた客を取り戻すのは容易ではない。

順調に客足は伸びているように見えても、開店直後のもの珍しさから立ち寄る一見《いちげん》の客が多い。これら浮動客は浮気っぽくて、当てにならない。一見、活気があっても、浮動客が主体の店は、から神輿《みこし》を担いでいるように掛け声ばかりで、実体がない。だが、掛け声だけでも元気があった方がよい。客の活気が新しい客を呼ぶ。

とにかく前原は脱サラをして、自由の大空に向かい、離陸した。

レコンキスタは開店後、順調に客足を伸ばしていた。

あるタウン誌のグルメ情報に取り上げられたことから評判を呼び、店の前に行列ができるようになった。これまでの態勢では客をさばき切れなくなった。

現在、店は妻とシェフと四人の非常勤の従業員で支えている。だが、非常勤は常時の戦力として当てにならない。前原は常雇い《レギュラー》の従業員を入れることにした。

前原が求人のビラ《ノーティス》を店の前に貼り出すと、間もなく数人の応募者があった。面接したが、いずれも帯に短し襷《たすき》に長しで、決められない。

レギュラーとなると、単に気がよいだけでは務まらない。勤勉で、気働きがあり、客受けがよく、責任感がなければならない。雇う側も相手の生活を保証しなければならない。雇ったのはよいが、すぐ辞められてしまったり、休まれたりしては困る。

応募者はいずれも若く、労働力としては申し分ないが、アルバイト感覚である。タウン誌に紹介された行列のできる店ということで、一種の流行に乗るようなつもりで応募して来ている。店に食事に来た客が貼り紙を見て、応募してくることもあった。

前原が決めかねていると、開店時間前に一人の男がふらりと店に入って来た。四十前後で、育ちのよさそうなおとなしげな顔をしている。生地のよいモスグリーンの背広を着て、ネクタイをきちんと着けている。

腕時計はスイス製で、腰に巻いたベルトはダンヒルのバックルであるのを、前原は素早く見て取った。手に旅行バッグを提げている。一見、サラリーマン体《てい》であるが、どことなく疲れている雰囲気であった。

服装は悪くないのであるが、ズボンの膝《ひざ》が丸くなり、靴が汚れている。ワイシャツの襟も薄汚れているようである。長途の旅行の途中かもしれない。

男はおずおずと店に入って来ると、保谷《ほや》と名乗って、店の前に貼られていたビラを見たが、自分を雇ってもらえないかと言った。なにやら事情がありげな様子であった。

「私どもはまだ開店したばかりのこのような小さな店ですから、ご希望の給料は出せませんが」

前原は言った。

「給料はお任せします。お店で使ってもらうだけでけっこうです」

男は謙虚な口調で言った。

「お住まいはどちらですか」

「静岡ですが、これまで勤めていた会社が倒産しまして、仕事を探しにこちらへまいりました。しかし、もう会社勤めは懲りましたので、まったく別の方面へ転職したいとおもって、ハローワークや心当たりを探してお店の前を通りかかり、求人の札が目に入りました。私が探している仕事にぴったりだとおもって、おもわずドアを押してしまったのです」

「静岡からでは通勤できませんね。私どもは会社とちがって、社宅や寮もありませんが」

「そのことでしたらご心配なく。近くに小さな部屋を借ります。部屋を借りるぐらいの貯《たくわ》えは持っています。これまでの仕事とはまったく別の分野に変わりたいのです。開店したばかりの新しいお店ということも、私の転身願望にぴったりです。こちらのお店で私の新しい人生をスタートしたいのです。一生懸命働きますから、使っていただけませんか」

彼は熱意を面に表わして訴えた。

組織の歯車として働いていた身が、会社の倒産を契機に、別の分野に転身したいという気持ちは、前原自身、脱サラ経験者であるだけによくわかった。

サラリーマンが会社を変えても、それは転社にすぎず、転職や転身にはならない。保谷は前原に同じ人種のにおいを嗅《か》ぎ取って、レコンキスタのドアを押したのかもしれない。

企業の第一線に立って、組織の辛酸を舐《な》め尽くした人間であるなら、脱サラした前原の第二の人生のよい協力者となってくれるような気がした。

前原は保谷を採用することにした。採用に際して、彼の経歴を問うたが、静岡市の水産会社に勤めていたというだけで、あとは言葉を濁した。あまり話したくない事情があるらしい。

このような小さな店であまりやかましいことを言うと、せっかくの人材に逃げられてしまうかもしれない。これまでもアルバイトの採用に際しては、住所または連絡先を聞くだけで、細かい詮索《せんさく》はしていない。

前原はそれ以上の詮索を遠慮した。

保谷は見込んだ通り、よく働いてくれた。

昼はランチを出し、午後はティータイムとし、午後五時三十分から十時までがレストラン、それ以後、午前一時ごろまでバーに変身する。

午前十時には店に出て掃除をし、開店準備をする。閉店後は後片付けや伝票の整理、食器洗い、翌日の仕入れ準備などで、帰るのは午前二時近くなる。

この間、ティータイムの後、夕食までの二時間弱が休憩となるだけで、息つく間もないほどに忙しい。

保谷は水産会社で営業《セールス》もやっていたというだけあって、客扱いが上手で、客からホーさんと呼ばれて親しまれた。

保谷は数字にも強かった。企業で鍛えられた利益管理方式を採り入れた。客のニーズを敏感にキャッチして、売れ筋のメニューを増やした。

「原則的に原形のまま盛りつけられる品はなるべく抑えた方がいいですよ。トマトやアスパラなど、いくら皿につけても儲《もう》からない。大体野菜関係はどこで出しても変わりばえしません。しかも、野菜の原価は市場経由ですから価格を下げる決め手がありません。半調理製品をなるべく増やして、これにサイズや組み合わせる食物や調味料を工夫して、多品種化すれば、品揃えが豊富になります。調味料の加減や種類に工夫をすれば、味は落ちません。人間の味覚なんていいかげんなものですからね。盛りつけや食器、うまそうなにおい、賄《まかな》いの言葉などによって、いとも簡単に○○風、××風を信じてしまいます」

保谷は転身したと言いながら、あたかもこの仕事の経験があるように適切なアドバイスをし、工夫を凝らした。

彼のアドバイスにしたがって、エスニックのピラフが、クルミ、レーズン、カシュー、栗、ひまわりの種、パイナップル、ヘーゼルナッツなどを加えて、たちまちウズベク風、アフガニスタン風、ウクライナ風、アルメニア風ピラフとなった。

つまるところ、一種類のピラフが、一挙に数種類に多品種化した。前原は実際にウズベクやウクライナのピラフがそのようなものであるかどうか知らない。だが、客は喜んで注文した。

保谷が入店して、店の売上げは飛躍的に伸びた。前原はよい人間に来てもらったとおもった。

いまや保谷は店の中核戦力となった。食材の仕入れからメニューの決定、接客、従業員の采配《さいはい》、伝票の整理など、保谷は欠くことのできない人間となった。ついには経営方針にまで口を挟むようになってきた。

現実に、彼の意見に従うと、客が増え、売上げが上昇するので、多少は僭越《せんえつ》な振る舞いがあっても、前原は大目に見た。

保谷が入店して半年ほど後、前原の妻が訴えた。

「あなた、保谷《ホー》さん、気持ちが悪いのよ」

「気持ちが悪い?」

前原には妻の言葉の意味が咄嗟《とっさ》にわからなかった。

「私を時どき、変な目をして見るのよ。私、なんだか衣服越しに覗《のぞ》かれているような気がして、気味が悪いわ」

「なにを若い娘のようなことを言ってるんだ。歳を考えろよ」

前原は笑った。

「私、まだ四十代よ。いまの女の四十は女盛りだと、なにかの本に書いてあったわ」

そう言われてみれば、まだ枯れる年齢ではない。前原は見慣れているが、昔はけっこう男の目を惹《ひ》いた容姿が、ほかの男には成熟した女の色気と見えるかもしれない。子供を産んでいないので、化粧と服装によっては三十代に見える。

「ホーさんもおれと大して変わりない歳だよ」

「あなただって、まだ現役じゃないの」

「おまえの考えすぎじゃないのか」

「私にはわかるのよ。女の勘ね」

「うちには若いパートの女性もいる。どうしておまえに目をつけるんだ。しょってるな」

「年増《としま》好みの男は多いわよ。それに、若い子はホーさんなんか相手にしないわよ」

「おまえは相手にするのか」

「なに言ってんのよ、ばか」

時ならぬ夫婦喧嘩《げんか》となった。だが、その後間もなく、前原は店の常連の一人から聞き捨てならないことを聞かされた。

その常連は笹野《ささの》という、年齢は七十代後半、もしかすると八十代に達しているかもしれない。顔面の皮膚は長い星霜に風化したような古色を帯び、鑿《のみ》で刻みつけたような深いしわが網のように這《は》っている。感情はそのしわよりも深く、皮膚の下に閉じ込められているようである。

いつも黙々とレコンキスタのエスニック定食を食べていた。オードブルにピラフ、デザートにコーヒー、または紅茶、またはミルクが付いて千円の定食は、レコンキスタで最も人気のあるメニューであった。

いつも一人で来て黙々と食べ、ごちそうさまと言って帰って行く笹野老人には、そこにいるだけで不思議な存在感があった。

笹野老人は、いつものように黙々と食事を終えると、周囲を憚《はばか》るような声で、前原に話しかけてきた。

「マスター、ちょっと聞きたいことがあるんじゃ」

笹野が前原に話しかけてくるのは開店以来初めてであった。前原が小腰をかがめる

と、

「失礼なことをお尋ねするが、最近、コックさんが変わりましたかな」

と笹野は問うた。

「いえ、べつに変わってはおりませんが、なにか……」

「いや、私の舌のせいかもしれないが、最近少し味が変わったような気がしましてな」

笹野老人の言葉に、前原は急所を衝《つ》かれたような気がした。客からそのようなことを言われたのは初めてであるが、保谷が入店してから、利潤追求主義のメニューが気になっていたのである。

「どのように変わりましたか」

前原は恐る恐る問うた。

「おたくの店の食べ物はたしかにうまい。うまくなければ、こんなに行列はできない。しかし、以前にあった嚙《か》みしめている間に出てくるような隠し味が失われて、口に入れた瞬間、だれにでもわかるような濃厚な味になったような気がします。

以前のメニューには採算を度外視して、客にうまいものを食わしてやろうという情熱があった。最近は客が増えたせいか、早くて、見栄えがよくて、ゆっくり時間をかけて味わうのではなく、客がむしゃむしゃと食べてくれるような料理が中心になってきたような気がするんじゃが、年寄りの僻目《ひがめ》かもしれませんが」

前原は一言も言い返せなかった。保谷が来てから、意識の底にわだかまるようになった違和感を、笹野老人に見事に言い当てられたような気がした。

脱サラをしたのは、社奴《しやど》の身分から解き放されて、自由の荒野に自分のビジョンを追うためであった。店が好調なのは嬉《うれ》しいが、店はあくまで自由回復のための手段である。利益中心主義に陥っては、社奴から我利《がり》我利《がり》亡者に変わっただけになってしまう。

利益を上げるのはよいが、レコンキスタという店名に象徴されているように、自由を回復するための店である。欲張って自由を犠牲にしてはならない。

「いや、つまらないことを申し上げましたな。歳を取ると味覚もおかしくなります。お忘れください」

笹野老人は、先に言ったことを後悔するように、言葉を追加した。

だが、笹野老人から味について問われてから、開店以来の常連が少しずつ減ってきた。

若い新しい客は増えているが、彼らはあまり味にうるさくない。安くて品揃えが豊富で、ボリュームがあり、インパクトの強い味の出し物を好んだ。隠し味よりは、すぐにわかる味である。前原は隠し味のわかる常連が次第に離れていることに不安をおぼえた。

味だけではなく、客の回転をなるべく早くしようとしている店の姿勢が、彼らを居たたまれなくしているのかもしれない。

レコンキスタからハイブローで静かな客の会話は失われ、若者たちの熱気が焼肉屋のようにこもり、周囲を憚らぬ笑声と、食器の触れ合う音が店内を満たした。

このころから保谷の態度は目に見えて大きくなってきた。経営者の前原をさし置いて、ことごとに口を出した。新しいパートの従業員は、保谷を経営者とおもっているようであった。

最近、前原はあることに気がついていた。売上げはたしかに伸びているが、伸び率に不自然な凹凸があった。これまで会計《キヤツシユレジスター》は前原夫婦が担当していたが、忙しくなるにつれて保谷も扱うようになった。

疑いたくはないが、客の支払いに際して、伝票を破棄し、金額を打ち込まなければわからない。不正の現場を確認していないので決めつけられないが、客の入り込みに応じて予想した売上金に達しないことがよくある。そういうときに限って、保谷がレジスターを担当していた。

だが、証拠がないので、めったなことは言えない。たとえ彼に会計の不正があっても、店の利益はそれを上まわっている。

前原にしてみれば、従業員の不正を知りながら、それに対してなにも言えない自分にストレスが溜《た》まった。おもいきって保谷を解雇しようかともおもったが、いまや彼は店になくてはならない存在になっている。

　時を同じくして、妻の朝子がまた訴えてきた。

「あなた、ホーさんをなんとかしてくれない」

「またなにかあったのか」

「あの人、私の下着を盗むのよ」

「なんだって」

「最近、あるはずの下着が時どきなくなっているので、おかしいなとおもっていたら、ホーさんが盗んでいたの」

「おまえ、現場を見たのか」

「たまたま見ちゃったのよ。乾燥機にかけているとき、ブラジャーをつまみ取っていったわ」

「下着にまちがいないのか。ほかのものと見まちがえたんじゃないのか」

「まちがいないわよ。後で確かめて、やっぱりなくなっていたもの。だいたい男の人が、他人の洗濯物を乾燥している洗濯機に近づくとおもう？」

「もしそうだとしたら、一応注意しておこう」

「一応じゃ駄目よ。あの人、少し変よ」

朝子に言われるまでもなくわかっていた。だが、保谷が有能で、店の経営に貢献しているので、これまで黙っていた。へたに注意すれば、返り討ちに遭ってしまう。

前原が現場を確かめたわけでもなければ、朝子も現行犯を押さえていない。朝子が物陰から見ていたことを鵜呑《うの》みにして保谷に注意すれば、おぼえがないと開き直るであろう。いまブラジャー一枚で保谷と喧嘩《けんか》をするわけにはいかない。

それから間もなく、保谷は前原に昇給を要求してきた。入店の際、保谷は給料は任せると言っていたが、その後の彼の有能な働きに対して、何度もボーナスを弾んでいる。

「私が来てから売上げ倍増どころか、何倍にも飛躍的に伸びていますし、忙しさも以前に比べて何倍にもなっているので、給料を上げてもらえませんか」

保谷は当然のように要求した。

「昇給の件は考えていた。しかし最近、売上げが伸びていることは事実だが、伸び率が不規則なんだよ。かなりの大入りにもかかわらず、伸び率が伴わないことがあるんだ」

前原はそれとなく会計に不正があることをほのめかした。

「それはどういうことですか」

保谷は平然と問い返した。

「忙しいときはレジスターをパートやアルバイトも扱う。計算にまちがいがあるのかもしれない。ホーさんになにか心当たりはないかね」

「そんな心当たりなんかありませんよ。なんだか、いやな感じですね。私が疑われているみたいで」

保谷は顔色を改めた。

「いや、疑っているわけではない。レジスターの扱いにミスがあるのかもしれない。パートが機械を扱うときは、ホーさんにも注意していてもらいたいんだ」

「パートにレジスターに触られるのがいやなら、店長夫妻だけが会計を担当すればいいでしょう。今後、私はレジスターには一指も触れませんよ」

保谷は硬い口調で言った。

「そんなことを言ってるんじゃない。誤解してもらっては困る。ただ、レジスターの取り扱いが少し杜撰《ずさん》になっているんじゃないかとおもってね」

前原はやんわりと釘《くぎ》を刺したが、これが利いたとみえて、その後しばらく、売上げの凹凸はなくなった。だが、その分、保谷の昇給要求には応じざるを得なかった。

保谷のやり方はまことに巧妙であった。前の店から居ついている料理長《シェフ》には愛想を振りまき、その支持を取りつけ、パートやアルバイトに対しては、自分が経営者のように振る舞った。

気がついたときは、保谷が店の全権を握った形になっていた。パートの従業員には、保谷が店を仕切っているようなことを言っている。事実、現場は彼が仕切っていた。

前原はいまいましくおもったが、いつの間にか、保谷がいないと仕事がなにひとつスムーズにいかないようになっていた。

「あなた、このままいくと、ホーさんにお店を乗っ取られちゃうわよ」

朝子は不安げに言った。

「妙な心配をするもんじゃないよ。経営者は我々だ。ホーさんは雇い人にすぎない。彼に店を任せていても、経営権は私が握っている。彼は有能な社員にすぎない」

「いつ社員にしたの」

「いや、雇われマダムのようなものだという意味さ」

「雇われマダムにしては態度が大きすぎるわよ。このごろは、どっちが経営者《オーナー》かわからないわ」

「いいじゃないか、ホーさんがいるおかげで店は繁盛しているんだ」

「それが心配なのよ。お店が繁盛すればするほど、ホーさんの力は強くなるわ。よくあるじゃない、オーナーと会社の経営権が分かれてしまう……あれ、なんと言ったかしら」

「資本と経営の分離かい」

「そうそう、それよ。資本と経営が分離して、私たち、蚊帳《かや》の外に置かれそうだわ。もう置かれているわよ」

「店の所有者は私だよ。彼には仕事を任せているにすぎない。いやなら、いつでも首を切れる」

「庇《ひさし》を貸して母屋を取られる前に、首を切った方がいいわよ」

「首はいつでも切れる。いまホーさんがいなくなれば、店は立ち行かなくなる」

「そんなことはないわ。最初は私たち夫婦二人で、私たちのおもい描いたお店を、自由に、のんびり、ゆっくりやっていくつもりだったんでしょう。いまのお店はなによ。お店ではなくて工場よ。まるで餌を量産して、鶏や鳩に食べさせているようだわ」

「お客をそんなふうに言うと、失礼だぞ」

「豚と言わないだけましよ。私たち、餌をつくる工場をつくるつもりはなかったわ。あなたは自由を楽しみながら、美味《おい》しいお料理をつくって、その味のわかるお客だけに提供しようとして、この店を開いたんでしょう。こんな工場で働くくらいなら、前の生活の方がずっとましだったわ。厚い会社の屋根の下に保護されて、たっぷりあった自由時間の優雅な過ごし方まで会社は案内してくれたわ」

「あれは本当の自由じゃないよ」

「いまのが本当の自由だと言うの。朝早くから夜遅くまで、お客に餌を運んで、シェフや従業員に気を遣い、餌を出しても出しても、お客がごみのように湧いてきて、そんな工場の中でふと気がついたら、私たち二人だけが蚊帳の外に置かれているなんて。あなただって脱サラして、工場の蚊帳の外へ置かれるつもりはなかったでしょう」

朝子の言う通りであった。会社の首輪を切り離して脱サラしたのは、自由の荒野で存分に羽ばたきたかったからである。

だが、これでは会社という鉄筋の畜舎から、もっと設備の悪い餌量産工場の、それも蚊帳の外に移されただけにすぎない。蚊帳の外には、だれからも相手にされない無視があるだけである。少なくとも会社では無視されていなかった。

前原は、オーナーとして従業員を首にできる。だが、保谷を馘首《かくしゅ》すれば、レコンキスタは動かなくなる。

飼い主が雇った調教師が動物を飼い馴《な》らしてしまったように、店は保谷によって完全に調教されてしまった。

保谷を拒否することは、レコンキスタを拒否することになる。レコンキスタは前原の半生の結晶でもある。それはできない。つまり、保谷を拒否できないということである。

拒否権を持ちながら拒否できない。そのストレスは大きい。そして保谷自身、そのことをよく知っていて、レコンキスタを一種の人質にして好き勝手に振る舞っていた。

　この時期、前原は保谷に対して決定的なミスを犯した。

開店前、一時的に店の前に駐《と》めておいた車を、開店時間が迫ったので、前原は急いで駐車場へ移そうとした。

　後方を確認せず、いったん後進《バック》したとき、そこへ店のドアが開いて保谷が出てきた。車体の後部がなんの緩衝も置かずに、かなりの勢いで保谷の身体に接触した。

　異様な衝撃と気配に、愕然《がくぜん》として車から飛び出した前原は、車体の後方に倒れている保谷を発見した。

　バックであるからスピードは大したことはなかったが、弾みと、打ちどころが悪く、かなりのダメージをあたえたらしい。気配に、店内から従業員が飛び出して来た。

「ホーさん、大丈夫か」

「しっかりしろ」

　前原以下、従業員たちが呼びかけたが、保谷はぐったりとして身動きしない。

　救急車が呼ばれた。幸い内臓のダメージや骨折もなく、腰部に全治一週間の打撲傷と診断された。衝撃に比べて意外な軽傷に、前原はひとまずほっと胸を撫《な》で下ろした。接触したとき、保谷が大げさに振る舞ったのかもしれない。

　だが、この事故で、前原は保谷に対して大きな借りをつくってしまった。

「あなた、ホーさんは従業員たちに、あなたがわざと車をぶつけたと言い触らしているそうよ」

妻が告げた。

「なんだって？」

「パートのヤッちゃんが私にそっとおしえてくれたのよ。あなた《マスター》が、ホーさんが仕事ができるのを嫉《や》いて、故意に車をぶつけて、轢《ひ》き殺そうとしたと言っているんですって。

おれが内聞にすましたからいいものの、これが町なかの路上での事故ならば、マスターは交通刑務所行きだよ。全治一週間ですんだからよかったが、へたをすれば命が危ないところだった。免許証不携帯、駐停車違反、安全不確認、道路交通法違反、傷害容疑、数え上げればぞろぞろ出てくる。損害賠償にこの店の権利をもらっても合わないくらいだ、なんて言っているそうよ」

店の前という気の緩みから、免許証を携帯していなかった。その他、厳密に解釈すれば、すべて保谷が数え上げた違反容疑に引っかかる。

「なんということを。車の後ろへ突然飛び出して来たのはホーさんの方じゃないか」

「でも、事故を起こしてしまえば、車に乗っている方が悪いことにされるわ」

保谷がなんと言いふらそうと、加害者は前原であるので、一言も言い返せない。

この事故以後、店における保谷の立場は圧倒的に強くなった。いまや、前原はオーナーとして拒否権を行使することもできなくなっていた。保谷が法外なことを言っているのはわかっているが、前原は加害者として決定的に不利な立場にいる。前原は悔しかった。

拾い上げてやった、どこの馬の骨ともわからぬ流れ者に、一流商社員として世界を踏まえて鍛えた自分が、押さえ込まれている。

だが、保谷には説明できない不気味な威圧感があった。八方に万遍なく愛想を振りまきながら近づいて来て、ふと心を許すと、いつの間にか入り込まれて、押さえ込まれている。

人をそらさぬ如才なさ、細かな気配り、ソフトな人当たり。それはもう才能と言ってよい。

彼が加わると座が盛り上がる。一緒にいると楽しい。諸事控え目にしているが、いつの間にかイニシアティブを握っている。気がついたときには一種の麻薬のように取り憑《つ》き、振り落とせなくなっている。

彼の振りまく麻薬中毒になっているからこそ、自意識の強いシェフが料理に口出しされても、また古参従業員が現場を仕切られても、唯々諾々と従っている。彼らの精神はすでに保谷に乗っ取られていた。

「マスターはおれを追い出せない。もしおれを追い出せば、シェフはじめ、古い従業員やパートまでがみんな、おれに従《つ》いて来てしまうからな。この界隈《かいわい》に場所を借りて、新たに店を開いてみようか。レコンキスタなんか一発で潰《つぶ》してやる」

と、保谷は前原のいないところで豪語しているようであった。

前原の心底には、保谷に対する憎しみが日ごと降り積もり、ストレスとなって蓄えられていった。

それが一定量に達したとき、その荷重に耐えられなくなり、雪崩のように崩落するのが怖い。耐えられる間はよいが、耐えられなくなったとき、理性の力で抑えられるであろうか。

靴ずれ防止用の捨て縫いをしたズボンの購入者捜査は頓挫《とんざ》したが、死体の重しに用いたコンクリートブロックの捜査は、粘り強く進められていた。

コンクリートブロックから検出された、合成高分子系くず、カーバイドかす、廃酸、廃アルカリ等から、出所は製造業、それも石油化学製品関連の企業と推定された。これらの業種が、該当期間内に都内、都下、近隣県において解体工事を行なっていないか。

執拗《しつよう》な捜査の結果、十二社が浮上した。

このうち、所在地、業態等から調布《ちょうふ》市のセントラルパック、立川《たちかわ》市の中央ケミカル、神奈川県相模原市の相模合成の三社に絞り込まれた。

特に相模合成は、死体発見現場から最も近い。工業薬品化学品、樹脂加工が主力で、フィルムシート、合成樹脂、接着剤、電子材料の製造などに事業展開している。

相模原市域に工場を持っていたが、最近、住宅がたて込んできて、公害の批判が集中したために、工場を解体し、跡地を市に譲渡した。

市ではこの跡地に文化センターの建設を予定している。だが、文化センターの建設はまだ起工されず、跡地内には解体された工場の廃材が放置されていた。

この廃材と重しに使われたコンクリートブロックを比較対照検査したところ、付着物を含めてぴたりと一致した。ここに重しの出所は特定された。犯人は現場の土地鑑があったものと見られている。

だが、捨て縫いのあるズボン購入者リストの中には、相模原市域に居住していた者はいない。

「相模原市に住んでいなくても、土地鑑は得られる。また、被害者が住んでいなくても、犯人が住んでいた可能性がある。被害者の身辺に犯人がいたと見られているのであるから、相模合成跡地の界隈の住人に聞き込みをすれば、あるいは被害者を知っている者がいるかもしれない」

と本間は主張した。

ズボン購入者リストによれば、被害者は相模原市域に居住していない。だが、犯人は相模原市域になんらかのつながりを持っているかもしれない。被害者の、それも死体から修整した写真を見せて、その身辺に潜んでいる犯人を追うという、極めてわずかな可能性にかける捜査であった。

捜査員はその可能性に一縷《いちる》の望みをつないだ。連日、署内の道場に仮泊して、元相模合成工場跡地の界隈を、被害者の修整写真を手にして聞き込みにまわった。

徒労の色が濃くなったころ、本間と丹羽のペアは、相模原市域の東京都との境界に近い古びたアパートの家主から耳寄りな情報を得た。

消防署から立ち退き勧告を受けそうな、いまどき珍しいバス、トイレット共用の、単室構成のモルタル造りアパートである。こんなアパートでも、家賃の安いのが魅力で入居者はある。

「この人ならば、このアパートにいた女の人の部屋によく泊まっていたよ」

大家の老女は写真を見て言った。

「本当ですか」

「まちがいありませんか」

二人の捜査員はおもわず上体を乗り出した。

「当時と少し様子がちがっているようだけど、まちがいないとおもうよ」

「その女の人の名前は？　いまどこにいますか」

「名前は小宮絹代《こみやきぬよ》、一月ごろ引っ越しちゃったけれど、引っ越し先までは知らないね」

同アパートに入居していたのは約二年という。ようやく竿《さお》に伝わった魚信《あたり》が、たちまち逃げて行くようである。

「ところで、小宮絹代さんはどんな人でしたか。背格好、顔かたち、身体の特徴などをおしえてもらえませんか」

「歳は三十前後かな。美人で、若づくりだったから、もっと歳はいっているかもしれないね。背は高い方で、髪は肩にかかる程度だったわ。髪の一部を、いま流行《はや》りのメッシュというのかね、面白い色に染めていたよ」

「面白い色って、どんな色ですか」

「銀のような色だったね。白髪とはちがって、遠くから見るとススキの穂のように光ったよ」

「ほかに、なにか特徴はありましたか」

「口の右脇にホクロがあったよ。本人、気にしていたようだったけれど、色っぽく見えたわね。あのホクロでずいぶん男を泣かせたかもしれないね」

大家はわけ知り顔に言った。

「小宮さんはなにか仕事をしていたんでしょう。勤め先などはわかりませんか」

「パチンコ店に勤めていると言っていたね。よくパチンコの景品を持ち帰ってきて、私も洗剤やシャンプーをもらったことがあったよ」

「パチンコ店？　どこのパチンコ店ですか」

「さあ、聞かなかったね」

「小宮さんの部屋に泊まっていた男も、同じパチンコ店に勤めていたのですか」

「たぶんそうじゃないかとおもうよ。二人でパチプロがどうの、新しい台がどうしたの、なんて話していたからね」

「彼女からもらった景品に、パチンコ店の名前は入っていませんでしたか」

「入っていたかもしれないけれど、おぼえていないね。去年のことだからね。もっともこのごろ忘れっぽくなって、昨日のこともよくおぼえていないけどさ」

本間たちは、さらに同じアパートの入居者に件《くだん》の写真を見せて、大家の言葉の裏づけを得た。

二人は大家から事情を聴いた後、アパートから最寄りの交番に立ち寄った。

交番には、地域警察官が受け持ち区域の家を戸別に訪問して作成した、住人の家族構成や勤務先などの個人データを書き込んだ巡回連絡カードがファイルされている。

だが、この案内簿《ファイル》には、大家が告げた氏名と、勤め先として相模原市内の安田興業という社名が記入されているだけであった。安田興業に電話をしてみると、すでに店は潰れていて電話の所有者が替わっていた。

相模原市内には現在、三十五店のパチンコ店がある。相模原市の繁華街は相模大野《おおの》、相模原、橋本《はしもと》の三ヵ所に分かれ、小宮絹代の勤めていた安田興業は橋本にあった。二人は交番から、さらにその足を橋本へ延ばした。

以前はもっと多くのパチンコ店が相模原市にあったそうであるが、安田興業は潰れた一店であった。

二人は相模原市役所の住民基本台帳を当たったが、小宮絹代の記載はなかった。彼女は幽霊市民であった。幽霊では、小宮絹代という名前も偽名かもしれない。

本間と丹羽は、橋本にあるパチンコ店を当たってみることにした。現在、多くのパチンコ店が繁華街に固まってあったが、刑事が示した被害者の写真に対してはまったく反応がなかった。

だが、本間が大家から聞いた絹代の特徴を言うと、「フクちゃん」というパチンコ店の店員が、

「その人なら、景品にいた人かもしれないな」

と反応した。

「ケイヒンとはなんですか」

「景品交換所ですよ。このブロックの四店が共同で景品交換所を設けています」

「景品は店内で玉と交換するんじゃないのですか」

「刑事さんにあまりおおっぴらには言えませんがね、金が欲しいというお客さんには、玉を少し割り引いて買い上げるんです。その交換所にいた女に、特徴が似ています」

フクちゃんの従業員が言った。

「彼女は交換所を辞めてから、どこへ行ったか知りませんか」

「さあ、知りませんね。ちょっと色っぽい女だったので、男の客はみんな気にしていたようですが、なんとなく近寄りにくい雰囲気でしたよ」

「彼女に男がいたはずなんですが、見かけませんでしたか」

「やっぱり男がいたのですか。あんないい女ですから、男がいないはずはないとおもいましたが、うちの店ではそんな気配は見えませんでしたね」

細ぼそとつづいていた足跡も、ここでぷっつりと切れた。徒労の足が鉛を付けたように重く感じられた。

被害者は彼女の家に泊まるほど親密であったが、その職場には姿を現わさなかったようである。

小宮絹代は二年間、相模原市のアパートに入居して、橋本にあるパチンコ店の共同景品交換所に勤めた後、姿を消してしまった。どこから来てどこへ行ったのかわからない。この間に被害者は、絹代に頻繁に接触している。

警察には各種の個人情報が、データバンクとなって蓄えられている。たとえば運転免許証、指名手配、犯罪経歴、暴力団員、家出人、免許不適格事由、贓品《ぞうひん》車両、盗品車両、逃走車両等がコンピューターによって管理《ファイル》されている。運転免許証や犯罪経歴があれば、全国集中管理されている情報ファイルから、即座に該当者が弾《はじ》き出される。

だが、小宮絹代の個人データは、警察のデータベースの中にはなかった。

警察以外にも個人のデータは各所各様に管理されている。法務省、外務省、国土交通省のデータは、警察の犯罪捜査に共同利用されている。

市区町村役場、税務署、保健所、病院、出身校、宗教関係機関、インターネット、電話会社、リスト会社など、社会生活をしている限り、どこかで情報の網の目に捉《とら》えられている。

本間は全国の職業安定所《ハローワーク》の情報を束ねる労働市場センターに着目した。そこには死亡者を含めて、すべての労働者の記録が管理されている。

雇用保険に加入している限り、その労働者の性別、年齢、学歴、配偶者の有無、職種、職歴、仕事の熟練度、通勤経路までが、このデータベースにインプットされている。労働市場センターでは表沙汰《おもてざた》にはしていないが、警察の犯罪捜査には協力している。

だが、このセンターにも小宮絹代の資料はなかった。雇用保険に入っていないか、あるいは小宮の名前そのものが偽名であるかもしれない。

ここまで追跡して来て、足跡は完全に消えた。情報の網の目が至るところに張りめぐらされているということは、情報が多すぎることも意味している。

情報が氾濫《はんらん》していて信憑性《しんぴょうせい》がない。いまは個人のだれもが検索キーを叩《たた》いて、膨大なデータベースにアクセスできる。個人がインターネットを介して世界に情報を発信することもできる。

だが、人は発信する一方で、他人が発信した情報にほとんど無関心である。目を向けたとしても、電波落書きを読むように、その内容を信頼していない。匿名の情報はほとんど虚偽《ガセ》情報である。情報の氾濫は情報の海の中に隠れやすくした。

捜査員は蒸発者の追跡に際して、膨大な情報量《データベース》を踏まえなければならない。つまり、それだけ無駄足が多くなった。

だが、捜査の実は何足も履きつぶした靴の上に生《な》る。徒労の疲れが身体に重く澱《よど》んできたとき、本間の目が宙を探るように見た。

「丹羽ちゃん、小宮絹代は少なくとも被害者と二年はつき合っていた。つまり、社会からまったく孤絶してきたわけではない。木の股《また》から生まれたわけでもないだろう。アパートに入居していた頃、手紙の一、二通は来たかもしれないな」

「木の股から生まれたとしても、ＤＭぐらいは来たでしょうね」

丹羽は、手紙がどうしたと問うように言った。

「小宮が引っ越した後、そのことを知らない人間が手紙を出しているかもしれない」

「あ、そうか」

丹羽は本間の言わんとすることを察したようである。早速大家に問い合わされた。

「引っ越し後、何通か、小宮さん宛の手紙が来たけれど、郵便局に送り返したよ」

と大家は答えた。

本間は管轄の郵便局に照会した。移転の際、新住所を郵便局に届けておくと、一年間は転送してくれると聞いたことがあった。本間は事情を告げて、小宮絹代の郵便物転送先（転居届）が届け出られているかどうか問うた。転居届は一年間有効であるが、年単位に届けを出すことによって継続できる。

通信の秘密は憲法によって保障されている。郵便局に届け出た移転先は、通信の秘密に含まれる可能性がある。

だが一方、基本的人権は公共の福祉によって制限される。犯罪捜査のために必要な情報の提供は、公共の福祉による制限と解釈される。

本間の着眼は的を射て、小宮絹代の郵便物転送先がわかった。転送先に郵便物が届いているということは、現在も彼女がそこに住んでいるということを示す。

「本間《マー》さん、やりましたね」

丹羽の声が弾んだ。

保谷の横暴はますます増悪《ぞうあく》した。だが、シェフや古参従業員や客に対しては、如才なく愛想を振りまいているので、受けがよい。

最近は、保谷は自ら店長と公言するようになった。前原はべつに保谷を店長に据えたおぼえはない。彼が勝手に僭称《せんしょう》しているだけである。だが、従業員も客も彼を店長として認めていた。それだけ仕事ができるのである。前原はオーナーというだけで、完全に霞《かす》んでしまっている。

「オーナーはいちいち店に出て来なくともいいですよ。店は私に任せて、ゴルフでも、旅行でも、魚釣りでも、好きなことをしていてください」

と保谷は言った。

「私はまだ隠居するつもりはないよ。私の店だからね。私がいなければ士気に関わる」

前原は自分が店主であることを精一杯主張した。

「オーナーは大きく構えていて、店は従業員に任せるべきですよ。その方が店の者もやりやすい」

保谷の言葉に従業員がうなずいている。前原がレジスターを扱うと、露骨にいやな顔をした。従業員だけではなく、出入りの業者も前原をスキップして、保谷に通すようになった。

現場をすべて保谷が握っているので、前原にはわからないことが多い。保谷を通した方が早いと知った業者は、むしろ保谷を店主と見なしているようである。前原は仕事のラインから完全に外されてしまった。

「あなた、ホーさんをなんとかしてちょうだい。私、もう我慢できないわ」

朝子が訴えた。

「また、なにかあったのか」

「あの人、私が休憩室で休んでいると、覗《のぞ》くのよ。それだけじゃないわ、私がトイレに入っていることを知っていながら、ノックしたりするの」

「なんだって」

前原は自分でも顔色の変わるのがわかった。

スペースがないので、従業員用のトイレットは男女共用である。

「ホーさんの目はいつも私を追っているのよ。このごろは冗談にかこつけて、いやらしいことを言うのよ」

「どんなことを言うんだ」

「とても言えないようなことを言うのよ」

「なにを言ったんだ」

「奥さん、お店が忙しすぎて、蜘蛛《くも》の巣だらけじゃないのかなんて言うの」

「蜘蛛の巣?」

「私も最初は意味がわからなかったわ。なんだったら、おれがぴかぴかに掃除してやろうかと言って、いやらしい笑い方をするの。私、男の人からあんないやらしいことを露骨に言われたことはないわ」

前原はようやく言葉の意味がわかると、頭に血がのぼった。彼はすでに保谷に妻を犯されたような気がした。

これ以上放置すべきではない。保谷の人もなげな振る舞いを許しておけば、ますますつけ上がるのは目に見えている。

店の経営にどんなに支障をきたしても、保谷は切るべきであると前原は決意した。保谷は「レコンキスタ」だけではなく、前原の第二の人生を乗っ取ろうとしている。

前原は保谷を呼んだ。

「君にはいろいろと協力してもらったが、少々考えるところあって、店を辞めてもらいたい。これは些少《さしょう》だが、私の気持ちだ」

前原はこれまでの給料に加えて、五十万円入れた封筒を差し出した。最初、保谷は驚いたような顔をしたが、立ち直ると、封筒の中身を数えた。

「オーナー、本気で私を首にするつもりですか」

中身を確かめた保谷は、顔色を改めると問い返した。

「こんなことを嘘や冗談では言わない。君にも解雇される心当たりがあるはずだ」

「いいえ、ありませんね。私は店のためにずいぶん貢献してきたつもりです」

保谷は開き直ったように言った。

「それは認める。だが、貢献と態度は違う。君はオーナーである私をないがしろにしている。これ以上、君が店にいると、従業員の士気にも関わる」

「本気で私を解雇するつもりであれば、退職金の桁《けた》がちがいますね」

保谷はせせら笑った。

「私としては充分に出したつもりだ。本来なら、一円も支払わなくても文句を言われる筋合いはない」

「店の売上げは、私が来る前に比べて十倍以上になっています。こんな端金《はしたがね》では問題になりませんね」

「不満だと言うのかね」

前原はおもわず気色ばんだ。雇い主の妻に対する暴言や侮辱だけを取り上げても、一円も退職金をもらえず、放り出されても仕方がないはずである。

「当たり前です。大負けに負けても、一桁足りませんよ」

「なんだって」

「私の働きと慰謝料を含めれば、五百万円でもモデストな要求だとおもいます」

「慰謝料だって？」

「奥さんが寂しがっていたので、慰めてあげたのです。あんな年増《としま》を慰めるボランティアはいませんよ」

「きさま、なんてことを言うんだ」

「オーナー、言葉に注意してください。奥さんから求められて、やむを得ず協力したのです。私にその気があれば、セクハラで訴えることもできますよ。セクハラは決して女の専売特許ではありません」

保谷が嘘を言っていることはわかっていた。だが、保谷は失うものをなにも持っていない強みがある。保谷があくまで争えば、前原夫婦が笑い種《ぐさ》になるだけである。結局、そのときはもの別れに終わった。

朝子に保谷と話し合った結果を伝えると、彼女は泣き出した。

「ひどいわ。セクハラを受けたのは私の方よ」

「それはわかっている。だが、証拠がない。保谷を首にすれば、裁判沙汰《ざた》になりかねない」

「私、裁判なんていやよ」

朝子の顔が硬直した。経営者の妻が男の使用人に対して加えたセクハラ裁判は、マスコミの好個《こうこ》の餌食《えじき》にされるであろう。

空身の風来坊である保谷が、徹底的に食いついてくることは目に見えている。腸《はらわた》が煮えくり返るおもいであったが、前原は要求通り五百万円支払うほかはないとおもった。

「あなた、保谷の言いなりに五百万円を払うつもり？」

朝子が前原の胸の内を読んだように言った。

「仕方がないだろう。あいつを辞めさせるためには、ほかに方法はない」

前原は悔しさをこらえて言った。

「保谷の言いなりに五百万円支払ったら、私のセクハラを認めたことになっちゃうわよ。そんなこと許せないわ」

朝子は柳眉《りゅうび》を逆立てた。

「おれだって悔しいよ。しかし、支払わなければやつは必ず訴える」

「セクハラの被害者は私なのよ」

「それはわかっている。しかし、裁判で争うとなれば証拠がいる。長い時間もかかる。マスコミの袋叩《ふくろだた》きに遭うぞ」

「保谷を殺したらどう」

「殺す⁉」

「そうよ。私、あの男を許せないわ。蜘蛛の巣だの、ぴかぴかに掃除してやるなどと侮辱しておきながら、私からセクハラを受けたなんて、絶対に許せないわ。仮に裁判になって私が勝ったとしても、私の腹の虫はおさまらない。あの男は女性の敵よ。社会の害虫だわ。ああいう男には制裁を加えるべきよ」

朝子の言葉に、閉塞《へいそく》されていた視野が一度に開けたように感じられた。限度いっぱいまで蓄えられていたストレスの捌《は》け口を見出《みいだ》したような気分であった。

保谷から受けた屈辱と彼に対する憎悪は、彼を首にすればすむという問題ではなかった。保谷はこの間、前原の意識の底に許し難い屈辱と憎しみを刻み込んでいたのである。

「ちょっと待ちなさい。人を殺すなんて、尋常ではないことだよ」

前原は妻の言葉を制止した。それは自分を制止している。

「わかっているわよ。でも、許せないの。あの男の言うがままに五百万円支払って、無実のセクハラを認めたことになれば、この後、私は悔しくて、怒り死にしてしまうかもしれないわよ。それに、五百万円ではすまないわ。言う通りに払えば、図に乗って、この後また、もっと吹っかけてくるわよ」

「いま保谷を殺せば、我々が疑われてしまう」

前原の言葉はすでに朝子に同調している。

「大丈夫よ。保谷を首にしてしまえば、彼とは縁が切れるわ。首にした人間を元の雇い主が殺す必要はないもの」

そう言われてみれば、解雇された従業員が逆恨みをして、元の雇い主を殺した前例はあっても、その逆のケースは聞いたことがない。

保谷はもともと、旅行バッグ一つ手に提げただけで転がり込んできた風来坊である。静岡から来たというだけで、経歴はまったく不明である。店の人手不足を補う単純な労働力に、経歴は不要であった。

保谷が前原の店へ来て以来、保谷の身内や知人が訪ねて来たことはない。保谷は新しい人生をこの町でスタートするために、以前の生活と人間関係をすべて切り離したと言っていたが、きっと静岡でもなにか不都合があって、着の身着のまま、カバン一つ提げただけで逃げて来たにちがいない。

そんな人間が世の中から消滅しようと、気にかける者はいないであろう。

前原は、まず保谷を解雇して、少し時間をおいてから彼を殺害することにした。

「君の要求通り、五百万円支払う。これで今後、君とはなんの関わりもない。いいね」

前原は保谷の要求を承諾した。

前原は数日後の深夜、市民公園へ保谷を呼び出した。

市民公園は市域の西の外れにある市民の憩いの場所である。市域を流れる荒川《あらかわ》の河川敷につながり、約百七十五ヘクタールの広大な敷地に、野鳥の森やゴルフ場、テニスコート、ゲートボール場などを網羅している。夜間は人影が絶える。

「ずいぶん辺鄙《へんぴ》な場所ですね」

保谷は言ったが、

「当たり前じゃないか。君に金を渡す場面をだれにも見られたくない」

と言うと、保谷は納得したようであった。これが前原の周到な計画の伏線とは気がついていない。

指定の場所で前原は保谷に五百万の札束を渡した。

小切手や手形にしなかったのは、後日に記録を残したくなかったためである。保谷は銀行の帯封付きの札束の数を確認すると、薄ら笑いを浮かべて、

「まあ、これで手を打ちましょう。私にしてみれば出血大サービスです。レコンキスタの繁盛は私の努力のたまものであることをお忘れなく」

と言った。

なんとでもほざけ。どうせ、いまのうちだ、と前原はおもった。保谷が当然のように五百万円を受け取ったことが、前原の憎しみの炎を一層煽《あお》り立てた。

保谷が欠けても、店の経営にはさほど支障はなかった。笹野老人をはじめ、以前の常連が戻って来て、むしろ保谷がいるとき以上に順調であった。笹野老人は前原の心

を読んだように、

「味が昔に戻った。厄払いをしたようですな」

と言った。前原は保谷を解雇してよかったとおもった。


もしも保谷がこのまま町から立ち去ってくれれば、前原の憎しみも鎮まるかもしれない。それならそれでよいと前原はおもった。朝子は保谷を殺すと激しいことを言ったが、彼女も去る者日々に疎《うと》しで、忘れていくであろう。

殺意を固めるために支払った五百万円が、恨みを忘れるために役立つのであれば、それはまた支払った価値があったと言うべきであろう。

だが、保谷は町から出て行かなかった。彼は町のホテルに職を得て、居座る姿勢を見せた。

レコンキスタを辞めて半年後、保谷が前原に会いに来た。

「君とはもう縁を切った。私の前に姿を見せないでくれ」

半年ぶりの招かれざる訪問者であるが、この間、保谷はますます卑しい顔になったようである。

「そちらは縁を切ったつもりでしょうが、私の方はまだご縁がつづいているとおもっていますよ」

保谷はにやりと笑った。

「用件を言いたまえ」

「実は、前回いただいた慰謝料ですが、少し安すぎたような気がします。裁判になれば、訴訟費用を含めて、あんなことではすみませんよ。その後、レコンキスタも繁盛しているようだし、もう少し色をつけてもらいたいとおもいましてね」

保谷は揉《も》み手をした。

このままではすまないと朝子が予言した通りになった。やはりこの男は殺さなければならない。前原は改めて殺意を固めた。

「へへへ、最近、競馬《ウマ》に凝りましてね、五百万がたちまち穴場（馬券売場）に吸われて消えてしまいました」

「いくら欲しいんだ」

前原は単刀直入に聞いた。殺すと定めた男であるから、いくら吹っかけられても腹は痛まない。

「百万……いや、引っ越し費用を含めて二百万いただければ、この町から出て行きます。二度とご迷惑はかけません」

保谷は激しく揉み手をした。

「わかった。二百万だな。私もこれ以上、君の顔を見たくない。これが最後だ」

「もちろんです。私もこの町に飽きました。居てくれと言われても居ませんよ」

「手許《てもと》に現金はない。明日の夜までに用意するから、市民公園で待っていてくれ」

前原は前回金を渡した、同じ場所と時間を指定した。前回と同じ場所であるので、保谷はまったく警戒していない。

約束した夜、前原は見せ金の二百万円を用意すると、マイカーを市民公園の指定場所へ走らせた。指定時刻から故意に少し遅れた。どんなに待たせても待っていることはわかっている。

約束の場所へ赴くと、保谷が痺《しび》れをきらして待っていた。

「遅いじゃないですか」

保谷は咎《とが》めるように言った。

「二百万円、簡単には集められないよ」

「金は用意できたのでしょうね」

「どうにかかき集めた。乗りたまえ」

前原は助手席のドアを開いた。

人家の灯火《ともしび》は遠く離れている。痴漢が出るという噂が立ってから、カップルも夜は近づかない。周辺に人気がないことは確かめてある。乗り込んで来た保谷に、二百万円入りの封筒を渡した。今度は故意にばらの札を入れておいた。

「確かめたまえ」

「信用していますよ」

妙な信用であった。

「かき集めたからね、五、六枚足りないかもしれない」

前原に言われて不安になったらしい。保谷は袋の中身を数え始めた。意識は完全に袋の中身に集中している。

前原は油断を見すまして、隠し持っていたハンマーで、渾身《こんしん》の力を込めて保谷の頭部を叩《たた》いた。

保谷は、グエッというような声を発して昏倒《こんとう》した。さらに数回、追撃を加えた。悪《わる》のわりにはなんの抵抗もなく、呆気《あつけ》なく死んでしまった。

殺害が簡単に完了したので、前原は肩透かしを食ったような気がした。

死体を捨てる場所もすでに下見してあった。トランクに死体を積んだ前原は、予定地の秩父《ちちぶ》山中の山林まで運び、土中深く埋めた。

明け方近く帰って来た前原を迎えた朝子は、

「終わったのね」

と言った。

「終わった」

身体はそのまま座り込みたいほど疲れていたが、心気が昂《たかぶ》っている。

「嬉《うれ》しい。これで胸のつかえが下りたわ」

朝子が前原に飛びついてきた。

風来坊の保谷が突然失踪《しっそう》しても、だれも気に留める者はいない。勤め先のホテルにしても、無責任なパートが一人、突然無断で辞めても、すぐ代わりを見つけるであろう。

生まれて初めての殺人の後、血にまみれた手で久しぶりに妻を抱くと、黒い炎に心身が燃え尽きるような気がした。保谷が朝子にささやいたという、蜘蛛《くも》の巣を払うという言葉が、ふとおもいだされた。


郵便局から小宮絹代の移転先住所を得た捜査本部は、活気づいた。長い徒労の捜査を積み重ねて、ようやく被害者に密接な関わりがあるらしい人物を割り出した。

小宮絹代は静岡県熱海《あたみ》市に移転していた。熱海市には、小宮の住所を割り出した殊勲の本間と丹羽が行くことになった。出張というほどでもない距離である。

熱海署の協力を得て、小宮絹代が市内上宿町《かみじゆくちよう》のアパートに居住していることが確かめられた。逃亡される恐れがあるので、約束を取らずに訪問することにした。

熱海署の調べによると、絹代は市内の旅館で仲居をしているそうである。休日は不規則で、午前十時ごろ出勤し、午後十時には帰宅しているということであった。

本間と丹羽は、熱海署の刑事と共に、絹代のアパートの前で彼女の帰宅を待った。

坂の中腹にある小さなアパートで、かたわらを川が流れている。位置が高いので、海の方角の見晴らしがよい。熱海の不振が伝えられているが、ホテルや旅館の窓には華やかな灯火が映え、町はさんざめいているようである。

夜になると生気を取り戻す町らしく、遅い時間にもかかわらず、周辺の住宅からうまそうな煮物のにおいが漂ってきて、張り込みの刑事の胃の腑《ふ》を刺激した。

十時をまわったとき、一人の女性が坂を登って来た。年齢や身体の特徴が小宮絹代に該当している。

刑事たちは街灯の下で、彼女のシルバーのメッシュと、口の右脇のホクロを素早く確かめた。

「小宮絹代さんですね」

アパートに入りかけた彼女の背後から、本間は呼び止めた。彼女はぎょっとしたように足を止めた。その両脇から、丹羽と熱海署の菅野《すがの》という刑事が挟み込むように近づいた。本間は彼女が小宮絹代本人であることを確信した。

「私は相模原署の本間と申します。こちらは熱海署の菅野さんです。また、彼は……」

「相模原署の丹羽です」

丹羽が名乗った。

「お疲れのところを申し訳ありませんが、少々お尋ねしたいことがあります。ご協力ください」

「あのう、私、警察になにも申し上げることはございませんけれど」

最初の衝撃から立ち直ったらしい絹代は、身構えた。

「小宮さんは相模原市の青嵐荘《せいらんそう》というアパートに、二年間入居されていましたね」

本間は有無を言わせぬ口調で問いかけた。

「わ、私」

「相模原市のパチンコ店の共同景品交換所に勤めておられたことも確かめています」

「そのことがなにか……」

言い逃れられぬと判断したらしい絹代は、問い返した。

「あなたが青嵐荘に入居中、この男性があなたをたびたび訪問して、あなたの部屋に泊まりましたね」

本間が目配せすると、丹羽が被害者の写真を絹代に突きつけるように差し出した。

一瞬、絹代は写真に反応した。

「この男性をご存じですね。我々はこの男性の身許を調査しております。七月十日、この男性が相模原市の古油沼から殺害死体となって発見されたことは、報道でご存じでしょう」

絹代は黙っていた。黙秘権を行使しているわけではなく、答えるべき言葉がないようである。

「時間も遅いですし、ここでは詳しい事情を聴けません。署までご同行願えますか」

小宮絹代本人である事実の確認が取れ、被害者と関わりがあったことがほぼ認められたので、本間は任意同行を求めた。

任意であるから拒否したければできるのであるが、絹代は刑事が待っていたことに強いショックを受けたようで、素直について来た。

熱海署に同行を要請された絹代は、署内の一室で、早速被害者との関係と、彼の素性を聴かれた。

「お疲れのところ恐縮です。改めてお尋ねしますが、青嵐荘にお住まいのころ、あなたをよく訪ねて来られたこの写真の男性の名前をおしえていただきたいのです」

本間は一気に核心に迫った。絹代は沈黙を守っている。先刻、言葉を失ったのと異なり、今度は黙秘権を行使しているようである。

「この男性は殺害されて、コンクリートブロックをくりつけられ、沼の底に沈められていました。身許がいまだにわかりません。このままではご遺体は遺族の許に帰れず、仏も浮かばれません。可哀想だとおもいなら、この男性について知っていることをおしえてください」

本間は迫った。絹代は依然として押し黙ったままである。だが、肩が小刻みに震えている。

「あなたがこの男性と親しかったことはわかっています。どうしました。男性の身許《みもと》について知っていながら黙っているのは、それを知られると、なにか都合が悪いことでもあるのですか」

絹代の肩の震えが激しくなった。本間は丹羽に目配せした。

丹羽はさらに数枚の写真を取り出して、絹代に示した。それはまったく修整を施さない、被害者が発見された直後の現場写真である。

ビニールシートに包まれ、ロープでぐるぐる巻きにされ、コンクリートブロックをくくりつけられた第一写真、つづいてシートを開かれ、巨人のように膨張した凄惨《せいさん》な腐乱死体、身体各所のクローズアップなど、目を背けるような写真ばかりである。

事実、絹代は血の気が引いた顔を背けた。

「目を背けずにご覧ください。この人はあなたが親しくしていた人ですよ。こんな変わり果てた姿になるまで、沼の底に沈められていたのです。ようやく発見されても、身許不明のままでは、成仏できません。それではあまりにも可哀想ではありませんか。せめて遺族の許へ帰してやりたいとはおもいませんか」

本間は肉迫した。絹代はうっとうめいて、机の上に突っ伏した。

「小宮さん」

本間は少し強い声で呼びかけた。絹代の抵抗もそれまでであった。

「仕方がなかったんです」

絹代が口を開きはじめた。絹代を囲んだ三人の捜査員は、彼女の話すに任せている。

「こんなことになってしまうなんて、恐ろしい……この人は川南登《かわなみのぼる》という人です。沼《ぬま》津《づ》のパチンコ店の店長で、私がそこに勤めていたとき、関係を持ちました。当時、私は小宮と結婚しており、川南とは不倫の関係でした。ところが、夫に知られてしまい、激怒した夫から逃げ出した私は、相模原市のパチンコ景品交換所に仕事を見つけて、青嵐荘に入居しました。

でも、相模原市に移った後も、川南とは密《ひそ》かに関係をつづけておりました。やがてそのことも夫の知るところとなって、川南の後を尾《つ》けて来た夫は、青嵐荘の住所も突き止めてしまいました」

「あなたは川南さんに、夫に居所を知られてしまったので来ないようにとは言わなかったのですか」

「言いました。でも川南は私に会いに来ました」

「あなたの夫はあなたの居所を突き止めたとき、家に戻るように言わなかったのですか」

「私の新しい住所を確かめただけで、私と川南の様子を見張っていたのです。いかにも小宮らしいやり方です。

そして、青嵐荘からの川南の帰途を待ち伏せて、彼を殺し、古油沼に沈めたのです。夫は川南を尾行中に、川南を殺そうと決意して、準備をしていたようです。私は川南が失踪《しっそう》したとき、夫が殺したと直感しました。今度は私が殺されるかもしれないとおもうと、怖くなって、相模原から逃げたのです」

「川南さんを殺害したあと、あなたの夫は沼津へ帰って来るように命じなかったのかね」

「そんなことをすれば、川南を殺したと自ら白状するようなものです」

「あなたは夫が川南さんを殺害するとき、手伝わなかったのかね」

本間は彼女に共犯の疑いを持っていた。

「とんでもない。私は川南が好きでした」

「どうして夫の仕業とわかったのか」

「あの人は恐ろしい人です。やきもちやきのくせに、私たちの不倫を知りながらじっと見張って、機会を狙っていたのです」

「夫の現在の居場所を知っているかね」

「まだ相模原にいたころ、埼玉県の熊谷市で働いていると言っていました。いまでもそこにいるかどうか、わかりません」

「それは川南さんを殺す前かね、後かね」

「前だったとおもいます。川南の消息が絶えてから熱海へ移りましたので」

「川南さんが失踪した後、なぜ捜索願を出さなかったのか」

「私も共謀《グル》ではないかと疑われるのが恐かったのです」

「川南さんには家族はいないのかね」

「以前、奥さんがいたようでしたけれど、離婚したそうです。私とつき合っていたときは独りでした。川南は私に、夫と別れて結婚してくれと言っていました」

「あなたの気持ちはどうだったのかね」

「私は川南と結婚してもよいとおもいました。でも、夫が絶対に離婚に同意しないことはわかっていました。夫は怒るとなにをするかわからない人なので、怖くて、とても離婚のことなど切り出せませんでした」

執念の捜査によって、被害者の身許と犯人が一挙にわかった。

被害者の死体から作成されていたデンタルチャート、および被害者の血液型が川南登のものと完全に一致したので、ここに捜査本部は、被害者の身許を沼津市内のパチンコ店「ハッピー」の元店長川南登、四十歳と断定した。

ハッピーでは、川南が店長とはいえ雇いであったので、突然無断欠勤をつづけても、さして不審におもわず、捜索願を出さなかったという。

川南はパチンコ店が市内に借りたアパートに単身で住んでいた。荷物といっても身の回りの品ぐらいしかなかったので、そのうちに帰ってくるだろうとおもっていたそうである。

川南の出身地は、兵庫県豊岡《とよおか》市。兄が生地で鞄《かばん》製造業を営んでいるが、現在はまったく没交渉であった。

一方、小宮絹代は、静岡県下田《しもだ》市出身。地元の高校を卒業後、市内の信用金庫に勤めたが、間もなくそこを辞め、静岡、沼津の水産会社やパチンコ店を渡り歩いた。

静岡の水産会社で現在の夫と知り合い結婚、後に絹代のみ沼津のパチンコ店に就職して、被害者の川南と知り合ったというものである。夫は二年前の夏、水産会社を辞め、その後の消息は不明である。

捜査本部は、絹代の夫小宮弘光《ひろみつ》を、殺人および死体遺棄容疑で全国第一種指名手配（身柄の護送を求める）に付した。

保谷を殺害後、毎日、二人連れの男がいつ訪ねてくるかと戦々恐々としていたが、なんの気配もなかった。この間に秩父山中に深く埋めた保谷の死体は、静かに土と同化しつつあるであろう。

保谷の失踪は、界隈《かいわい》の噂にもなっていないようである。前原が予想したとおり、風来坊が一人蒸発しても、だれも意に介さない。渡り鳥が一羽、どこからか飛んで来て、またどこかへ飛び去って行ったような感覚である。一日経過するごとに危険が遠ざかっていくような気がした。

犯行後一ヵ月が経過した。前原はようやく警戒の構えを解いた。彼の完全犯罪はほぼ成立したと言ってよいであろう。

「レコンキスタ」の経営は順調である。若い客が少しも減らないのに、常連客が戻って来ている。保谷が残していったものは悪いものだけではなかった。保谷の徹底した合理化によるコストダウンは、よい意味で生きている。

工夫を凝らした多品種化と、客にうまいものを食べさせようとする精神は、相反するものではない。若い客にはマニュアル、常連には個性的なホスピタリティ、これの微妙な使い分けが、若い客と舌の肥えた常連を同時に引き寄せた。レコンキスタはいまやグルメや若者の注目の店となっていた。

このごろでは保谷の記憶が霞《かす》んできている。本当に彼は実在したのか。彼は一場の悪夢の中の登場人物ではなかったのか。シェフも従業員も客も、すでに保谷のことを完全に忘れているようである。

つまり、保谷は実在しなかった人間であり、前原の犯行も幻のような気がしてきた。自分にとって都合の悪い過去は抹消しようとする自衛機能であろう。

そんな折、朝子が顔色を変えて外出から帰って来た。

「あなた、大変」

前原の顔を見るなり訴えたが、あとの言葉がしばしつづかない。

「一体、どうしたんだ」

前原は彼女の異常な様子に驚いて、問い返した。

「指名手配されているのよ」

再び言葉に詰まって、唇を震わせている。

「朝子、落ち着くんだ。落ち着いて話しなさい。一体、だれが指名手配されたんだね」

「ホーさんよ、保谷が指名手配されているわ」

「なんだって」

「お買い物の帰りに交番の前を通りかかって、なにげなく掲示板に貼られていた手配書の写真を見たら、保谷なのよ。保谷が殺人の犯人として、全国に指名手配されているわ」

「本当か」

「本当よ。名前は小宮なんとかいう別の名前になっていたけれど、保谷にとてもよく似ていたわ」

「他人の空似じゃないのか」

「少し様子がちがっているようだったけれど、保谷によく似ていたわよ」

「私も確かめてみよう」

前原は妻と共に交番の前に行って、手配書を見た。たしかに保谷の顔写真が全国指名手配の容疑者として貼り出されている。

前原が知っている保谷よりも少し若く、様子が変わっているようであるが、その特徴をよく伝えている。

手配書によると、保谷の本名は小宮弘光、三十九歳、静岡市出身である。前原夫婦があまり熱心に見ているものだから、交番の中にいた警察官が視線を向けた。

「あなた、どうおもう」

交番の前から離れると、早速朝子が聞いてきた。

「たしかによく似ている。しかし、断定はできないな」

「あんなそっくりな他人の空似があるかしら」

「それはあるさ。だれでもこの世に一人はそっくりがいるそうだよ。アメリカ大統領やソ連の首相のそっくりさんがコマーシャルに出て、驚かせたじゃないか」

「もし指名手配の主が保谷だったら、どうなるのかしら」

「どうにもならないさ。保谷はこの世に存在しない。いくら警察でも、存在しない人間を捕まえることはできない」

前原は自分に言い聞かせるように言った。

「そうね。消滅しちゃった人間を追いかけられないわね」

朝子も自分を納得させるように言った。

前原は保谷がなにか後ろ暗いことを抱えているのではないかと疑っていたが、まさか殺人、死体遺棄事件の容疑者とはおもわなかった。

保谷の本名が小宮で、過去になにを犯していようと前原には関係ないことであるが、不吉な予感がした。保谷の指名手配がよくない影響を及ぼすような不安が鎌首をもたげている。


小宮絹代が供述した夫の最後の住所は、埼玉県熊谷市である。熊谷市は埼玉県北に位置する交通や経済の中心地で、埼玉県の県庁所在地候補になったこともあるという地方都市である。

小宮の最後の消息は、熊谷市のビジネスホテルに仕事を見つけたという便りであった。

熊谷市にはビジネスホテルが三つある。熊谷署の協力を得て調べてもらったところ、ナオザネホテルという同市のホテルに六ヵ月ほど働いていた臨時従業員が、小宮の特徴に該当した。彼はホテルでは保谷と名乗っていたそうである。

七ヵ月ほど前に求人広告を見て、ふらりと飛び込んで来た。仕事もよくできたが、要領がよく、上司の目を盗んでよくサボっていた。

半年ほど同ホテルで働いた後、入店したとき同様、突然辞めてしまったということであった。

本間と丹羽は熊谷市へ行くことにした。

熊谷市は上越《じょうえつ》新幹線で東京駅から約四十分、地方都市というよりは、むしろ首都圏であるが、地方都市のにおいを濃厚に留《とど》めている。

保谷が働いていたというビジネスホテルは、国道一七号（旧中山道《なかせんどう》）沿いに建っていた。中山道の宿場町として発展した熊谷市の目抜き通りであるが、昔、その沿道に軒を連ねていたはずの個性的な商店は、素っ気ない機能本位のビル街に取って代わられ、車が忙《せわ》しく走り抜けている。車は多いが通行人の影はまばらである。

ナオザネホテルでは、熊谷署が調べてくれた以上の情報は得られなかった。徒労の足を引きずって帰りかけたとき、本間はふと、

「保谷は求人広告を見て飛び込んで来たということでしたが、そのとき、熊谷市に初めて来たようでしたか、あるいはすでに熊谷市に居住していたようですか」

と問うた。

「いえ、初めてではなく、市内のレストランに勤めていたと言っていました」

ホテルの人事係が答えた。

「そのレストランの名前はわかりますか」

「市内星川《ほしかわ》通り一丁目にあるレコンキスタという店だそうです」

「レコンキスタ」

「二年半ほど前に開店したエスニック料理の店だそうです」

「保谷はなぜレストランを辞めたのですか」

「店のオーナーと営業方針について対立したと言っていました」

「仕事はよくできたようですね」

「頭の回転の早い男でした。しかし、少し慣れてくると要領をおぼえて、よくサボってましたよ。そんなことで、前の店も首になったんではないかとおもいます」

「住所はわかりますか」

「いまでもそこにいるかどうかわかりませんが、市内のアパートに入居していました」

二人は保谷の以前の職場を当たる前に、市域の郊外にあるアパートにまわった。以前は畑や河川敷であった地域に、道が碁盤の目のように刻まれ、小住宅が繁殖した。そのアパートもプレハブユニットを積み重ねた、開発ラッシュに乗って急造された建物である。情緒はないが、独りの住居としては手ごろであろう。

一階の最も大きなスペースを占めて、家主が住んでいた。二人が来意を告げると、

「実は私の方から警察へ行こうかなとおもっていたところです。困っていたんですよ」

大家はほっとしたような表情をして言った。

「手配書を見たのですか」

「手配書……それ、なんのことですか」

大家はきょとんとした表情をした。どうやら指名手配の一件は知らなかったようである。

保谷（に酷似した人物）が指名手配されていることは、彼の住居近辺で話題にもなっていなかったようである。単身者が主体の入居者は相互に無関心のようである。

「なぜ困っておられたのですか」

本間は問うた。

「出かけたまま、一ヵ月以上も帰って来ないので、部屋を空けてもらいたいのですが、本人に連絡はつかないし、親戚《しんせき》や知人もいないようなので、困っていました」

「荷物は残したままですか」

「荷物といってもがらくたばかりですがね。勝手に処分するわけにもいかず、部屋の中を調べたら大変なものがあったんです」

「大変なものってなんですか」

「預金通帳が残されていましてね、なにげなく残高を見たら、六百万円近くもあるんですよ」

「六百万円」

「そんな大金を残したまま蒸発するはずがありませんからね。近いうちに帰って来るだろうとおもって、そのままにしてあるんです」

「ちょっと部屋を見せてもらえませんか」

「どうぞ。警察の方だったら問題ないでしょう」

一Kの室内には、借り主が一時の外出をしたかのように、生活の痕跡《こんせき》が残っている。部屋には万年床が敷かれ、流し場には汚れた食器やレトルト食品の包装紙が山積みされている。開け放された押入れの中には、汚れた洗濯物が押し込まれていた。室内には異臭がこもっている。

「蛆《うじ》が湧きそうでしょう」

家具らしいものはテレビと冷蔵庫と、小物を入れておく小引出しが付いた小箱だけである。小箱の中の引出しに、小宮弘光名義の預金通帳と印鑑が入っていた。

この通帳名義によって、保谷が小宮であることが確認された。

「入居者の名義とちがいますね」

本間が言った。

「なんとなくいわくありげな人でしたから、偽名を使っていたんでしょう」

大家は言った。

日常生活の痕跡を留めたまま、外出、あるいは旅行時、必ず所持携帯するはずの免許証、保険証、キャッシュカード、着用するはずの衣類などを残して失踪《しっそう》したときは、犯罪、あるいは予期しない事故や天災に巻き込まれたと推定される。

預金通帳以外にキャッシュカードや外出着も残されている。部屋の主はすぐ帰るつもりで外出した模様であった。

だが、外出後、すでに一ヵ月以上経過している。普段着のまま、残高六百万円の預金通帳を残したまま出かけて帰って来ないというのは尋常ではない。

二人の捜査員は、残高六百万円のうち五百万円の預け入れが、ホテルの前の職場であったレストランを辞めた前後であることに注目した。この五百万円に、レストランを辞めた理由があるのではないだろうか。彼らの思案は速やかに煮つまってきた。

前原の許《もと》に突然二人の男が訪問して来た。彼らは神奈川県警相模原署の捜査員だと名乗った。

相模原署は小宮弘光の指名手配を出した警察署であることを逸速《いちはや》く悟った前原は、

顔が硬直するのをおぼえた。

落ち着け。相模原署の刑事が来たからといって、私を疑っているわけではあるまい。保谷こと小宮弘光の行方を探して、多少とも関わりのある者に聞きまわっているのであろう。

開店以来、相当期間、小宮は前原の店で働いていたのであるから、事情を聴かれてもやむを得ない。前原は意志の力で平静な表情を保つと、さりげない態度で応対した。

本間と名乗った年配の捜査員が口を開いた。

「小宮弘光、あなたの店では保谷と名乗っていたそうですが、彼は我が署の管内で発生した殺人、死体遺棄事件の容疑者として、その行方を捜しております。ところが、一ヵ月ほど前から勤め先のホテルに連絡もせず、蒸発して、その住居に帰っていません。ついては、七ヵ月前まで前原さんの店で働いていたそうですが、彼の行き先について、なにかお心当たりはありませんか」

「さあ、働いていたと言われましても、半年以上も前に辞めていますのでね、在職中の彼の交友関係についてはまったく知りませんので、心当たりはありませんね」

前原は答えた。

「そうでしょうな。半年も前に辞めた人間では、もう過去の人間でしょうからね」

本間はうなずいて、

「小宮がこちらに入店したのは、だれかの紹介でもあったのですか」

「いいえ、店の前に貼り出しておいた店員募集の貼り紙を見て、飛び込んで来たのです」

「そのときは、保谷と名乗っていたのですね」

「そうです」

「入店の際、なにか身分証明を求めましたか」

「いいえ、特に求めませんでした。どうせパートの臨時雇いのつもりでしたから、気軽に雇い入れました」

「気軽に雇ったつもりが、けっこう長く勤めていたようですね」

「かれこれ一年半はいました。仕事はできましたので」

「それが、どうして辞めたのですか」

「本人が急に辞めたいと言い出したものですから」

「本人は、オーナーと経営方針が対立したと言っていたそうですが」

「彼がなんと言っていたか知りませんが、私としては有能なので、もっといてほしいとおもいました。しかし、本人が辞めたいと言うもので、特に引き止めもしませんでした」

「退職金は渡しましたか」

「一応、支払いました」

「いくら支払いましたか」

「規定の給料に加えて、五十万円の退職金は破格ではありませんか」

「一年半で五十万円の退職金は破格ではありませんか」

「私としては、彼の店への貢献に対する謝礼のつもりでした」

「五十万円の退職金に対して、彼は感謝しましたか。それとも不満のようでしたか」

「もちろん感謝していました」

「五十万円にまちがいありませんか。もう一桁《ひとけた》多かったのではありませんか」

「臨時雇いの従業員が辞めるのに、五百万円なんて払いませんよ。五十万円でも破格です」

「そうですか。実は、小宮があなたの店を辞めた前後に、五百万円ほどの収入を得ています。収入源として考えられるのは、あなたの店だけなのですがね」

「小宮がどこでそんな大金を手にしたか知りませんが、私には関係ありませんね」

競馬で失《す》ったと言ったのは、前原から絞り取るための嘘であったのである。ここは知らぬ存ぜぬで押し通す以外はないと前原はおもった。

「実は、こちらにおうかがいする前に、従業員からあなたの店の主要銀行を聞き出しましてね、令状を取って預金の変動を調べさせてもらいました。お宅の主たる取引銀行であるりんご銀行熊谷支店から、約七ヵ月前の三月十二日、五百万円引き出されています。その引き出し後数日して、小宮の銀行口座に同額が振り込まれています。我々はあなたが引き出した五百万円が、小宮が預け入れた同額と考えているのですが」

「あなた方がどのように考えようと勝手ですが、その引出金は小宮の預金とは関係ありません」

「それでは、引き出した五百万円はなにに使われたのですか」

「従業員の給料や、仕入れや、業者への支払いです」

「例月、定期的な引出額を見ても、五百万という大金が引き出されたことはありません。どうしてそのときに限って、そんな大金が入用になったのですか」

「商売の金の出入りは不規則です。サラリーマンの家計のように一定していませんよ」

「なるほど。そういうこともあるでしょうな。もう一つ、興味ある数字があります」

本間は丹羽と名乗った若い刑事に目配せした。丹羽は数字が羅列している計算表のような一枚のコピーを差し出した。銀行の預金通帳の一部である。

「これはあなたのりんご銀行預金通帳の一ヵ月前の九月十三日取引明細書コピーです。二百万円引き出し、翌日また同額が預け入れられています。同額を引き出し、預け入れた日を挟む夜から、小宮は失踪しています。我々はこの二百万円が小宮の失踪に関わりがあると考えています。なぜ、この日に二百万円引き出し、翌日同額を預け入れたのか、納得のいく説明をいただきたいとおもいまして、本日まかり越しました」

本間は止《とど》めを刺すように言った。

そのとき、前原は心の内に崩れ落ちる音を聞いていた。自分が半生をかけて築き上げてきたものが崩落していく音である。まだ抵抗すればできるかもしれない。だが、その気力をすでに失っていた。

入念に計画した完全犯罪を踏まえて、守ろうとした我が人生の結晶が、崩れ落ちていく。それも自分のミスによるものではない。前原が抹消した天敵が、すでに犯していた別の殺人の破綻《はたん》によって、前原が入念に組み立てた犯行がドミノ現象のように連鎖して崩れた。

前原は、その崩落する音に、自分のラストシーンを重ねていた。

余命の正義

1

北野純一《きたのじゅんいち》は最初、胃に違和感をおぼえていた。胃などどこにあるのか意識していなかったのが、はっきりとわかる。食欲がなくなり、これまで好きだった肉類が見るのもいやになった。

食後、胃部に圧迫感があり、いやなにおいのするゲップが込み上げてくる。妻があからさまに眉《まゆ》をしかめて、口が臭いと言った。外観は少しも変っていないが、体重が減ってきている。

「もしや」という不安が胸をかすめた。耳学問で知っている死病の症状に似ているのである、だが医者へ行くのが恐かった。

もし医者に恐れている死病を宣告されたら、それだけで、もう生きていく気力を失ってしまうような気がした。

しかし症状は次第に、顕著になってくるようである。最近胃のあたりをさわると、コブのようなものに触れるような気がする。気のせいだと自分に言い聞かせるのだが、体重はじりじりと減っている。

とうとう不安に耐え切れなくなって病院へ行った。医者は彼の訴えを聞いて診察すると、胃カメラをのませた。

医師はその場での即答を避け、諸検査と併せて数日後に結果がわかると答えた。いやな予感がした。

北野の予感は的中した。幽門部《ゆうもんぶ》に原発したがんがすでに転移していて、もはや手術不能であるという。精々保《せいぜいも》って半年、胃腸の吻合《ふんごう》手術とやらを行なえば、多少余命を延長するかもしれないと、その病院の方針らしく病態をはっきりと告げた。

精々保って半年の余命、それも抗がん療法を集中してである。北野は絶望で目の前が真っ暗になった。医師から宣告を受けての帰途、まだ白昼の日射しが明るく街に輝いていたのに、夜のように暗かった。

四十九歳、家のローンも払い終っていない。二人の子供はまだ親がかりである。会社では鳴かず飛ばずのポストにいて、彼が一人欠けてもどうということはない。家族すら彼を月給運搬人ぐらいにしか、おもっていない。

これで死んだら、おれの人生はなんだったのかと北野はおもった。

膀胱《ぼうこう》がんで夭逝《ようせい》した俳優の松田優作《まつだゆうさく》が想い起こされた。彼は医師から病名を告げられて、手術をすればたすかる可能性もあると言われたとき、俳優松田優作として死ぬ方を選んだ。仮に手術をしてたすかったとしても、すでにそれは俳優の優作ではない。

俳優としての生命を失ってまで便々《べんべん》と生き長らえるよりも、現在取りかかっている仕事に俳優の余命を集中したい。

そしてそのようにして生き、そのようにして死んだ。俳優としての壮烈な〝戦死〟である。生き長らえる可能性があるにもかかわらず、優作は余命の完全燃焼を望んだのである。

もし自分だったらたすかる可能性があるのなら、手術を受ける方を選んだであろう。手術を受けて確実なことは、松田が現在取りかかっている仕事はできなくなるということである。彼はどうしても、その仕事を完成させたかった。それほどに懸けている仕事であった。

松田と親しかった桃井《ももい》かおりが週刊誌のインタビューに答えて語っている。

「――優作は映画のためにならすべて投げ出すとか、そういうのしてたからね。たとえば優作が女で妊婦だったとして（変だけど）、映画に出るには子供を堕《お》ろさなきゃいけないとする。その子供を堕ろしてまで出ることを選ぶくらいの映画じゃないと、出るべきじゃない。そういう構えでやってた――後略」

そして松田がそのとき出ていた映画は、腹の中の子供どころか、自身の生命と取り替えても完成させたい仕事であった。

つくづく凄《すご》いとおもうし、羨《うらや》ましかった。羨ましいというのは、自分の寿命を限られたとき、余命を結集して注ぎ込めるような仕事をもっていたことである。

「それに比して、おれになにがあるか」

北野は自問自答した。北野以外のだれとでも代替できる十年一日の如き仕事があるだけである。四十九歳になれば、それなりの責任はある。だがとうてい半年の余命を結集して取り組めるような仕事とはいえない。

北野は半年の余命と宣告されて、その半年すら長すぎるのを知って愕然《がくぜん》とした。半年間、自分の人生をしめくくるものとして、なにを為《な》すべきか。なにもありはしない。北野は死病に取りつかれたことよりも、その事実に絶望した。

しかし人生とはそんなものでよいのか。このまま死んでしまったら、自分が生きていた証《あかし》はどこにあるのか。生まれて、食って排泄《はいせつ》して、死んでいく。ただそれだけの人生ではあまりにも虚《むな》しい。

松田優作のような壮絶な生きよう、死に方は自分にはとてもできないが、せめて人間のピラミッドにどんなに小さくともよい、ささやかな一石を堆《つ》み足したい。

だがはたしてそんな石をいまになって見つけられるのか。多年、十年一日のようなサラリーマン生活に馴《な》れて、「自分の石」など探そうとしなかった。だいたいそんな石があることすら意識しなかった。自分の石などなくても生きていける。そして大多数の人は、自分の石を堆み足すこともなく一生を終える。

そのような一見無為に終った無数の人生が、歴史のピラミッドをつくっているのではないか。

そのように自分に言い聞かせても、虚しさを拭《ぬぐ》い去れない。余命が尽きるまでに北野純一が生きていたという証拠をどこかに刻みつけたい。その方法もわからぬ間に、なけなしの寿命がどんどん減っていく。

北野ががんの宣告を受けた次の日、同じ課の松崎裕子《まつざきゆうこ》が退社の挨拶《あいさつ》に来た。

「課長さん、おせわになりました」

機転がきき、陰日向《かげひなた》なく働き、課の強い戦力だった。それでいて諸事控え目で表に出たがらない。最近の女の子が権利ばかり要求して、男の補佐的な仕事をやりたがらない中で進んで雑用を引き受ける。抑えた色気が新鮮な肢体に内向していて、彼女がいるだけでその場の雰囲気が明るくなった。

「結婚するんだってね。きみがいなくなると火が消えたようになる」

北野は惜しんだ。だが彼自身もすぐに会社をやめざるを得ない身体である。

「きっと清々《せいせい》しますわ」

「きみならきっとよいお嫁さんになる。旦那《だんな》さんが羨ましいね」

「なんにもできないんです。だから、せめて嫌われないように少しはお稽古事《けいこ》などしたいとおもいまして。課長さん、お忙しいでしょうけど式にはきっとご出席くださいね」

「式はいつだね」

「来年の春を予定しています」

（それまでとうてい保つまい）

北野は心の中で悲しくつぶやいていた。

「幸せな家庭をつくってくれたまえ。これまで本当に有難う」

北野はおもわず涙をこぼしそうになった。彼女との訣別《けつべつ》が悲しかったのではない。死病の宣告を受けた我が身と、新しい夫と共に希望に満ちた未来への門口に立っている彼女との、あまりにもシャープで残酷な対比に、感情が込み上げそうになったのである。

2

北野はとりあえず会社に病気休職届けを出して、抗がん治療を受けに通院するようになった。

家族には胃潰瘍《いかいよう》の治療と告げた。この点だけは、松田優作のまねをした。いつまで通院できるかわからないが、通える間はまだ生きている証拠である。

北野はがんの宣告を受けてから発見したことがある。バスや電車やタクシーに乗って街へ出る。商店には商品がディスプレイされ、歩道には通行人が行きかい、車道には車が溢《あふ》れている。毎日見なれた風景であるが、宣告前の風景とは断じてちがうものがあった。

以前は彼自身もその風景の中の登場人物であった。無数の中の一人であったが、登場していることは確かであった。

だが宣告後は、彼は登場していながら、登場していない。舞台の黒衣《くろこ》のように、そこにいながらいない者として扱われているのでもない。彼と風景の間に透明な薄い膜が張りめぐらされているのだ。それは彼にだけ見える膜である。

この世に生きていながら、確実な死を予告された者だけが見ることのできる薄い隔膜である。すでに死界への移住を予約しながら肉体はこの世に存している。薄い膜を越えてこの世へ戻ることは絶対にできない。

薄い膜を通して見るこの世の風景は、宣告前に比べてなにも変ったところはない。日の光も、商店も、人も車もその他風景を構成するすべての要素はまったく同じである。間に薄い膜さえなければ。

その日は天気もよく、いつもより気分がよかったので、電車で帰ることにした。タクシーではカプセルに封じこめられて移動しているようなもので、街のビビッドな雰囲気には触れられない。ラッシュをはずれた時間帯なので、車内は空《す》いていた。ゆったり坐《すわ》ってほぼ席が埋まり、立っている乗客がチラホラ見える程度である。

車内の中央辺のシートにサングラスをかけた二人のチンピラ風の若者が、傍若無人に大股《おおまた》開いて広がっていた。くちゃくちゃとガムを嚙《か》みながら、ヘッドホンステレオを聞いている。ある駅に着いて新たな乗客が乗り込んで来た。その中に足の悪い老女がいた。杖《つえ》を引きながら空席を探して頼りない足取りで歩いて来る。

これがもう少し混んでいたなら席を譲る人がいたであろうが、空席を探せばないこともないので、咄嗟《とっさ》に立ち上がって譲る人がいない。

老女はサングラスの若者の前を通りかかった。若者は通路に投げ出した足を引っ込めようともしない。ステレオに夢中になって、老女など眼中になさそうである。

老女が若者の前を通りかかったとき、電車が揺れた。老女はよろめいて杖が若者の足に引っかかった。老女はバランスを失って倒れた。

「ご、ごめんなさい」

老女は慌てて謝った。必死に杖を取って立ち上がろうとしている。

「痛《いて》えじゃねえかよ」

チンピラは老女をジロリとにらんで、杖を蹴飛《けと》ばした。杖は車両の端へ吹っ飛んだ。老女は杖を失ってうろたえた。立ち上がりたくとも、杖がないので立ち上がれない。

「なにやってやがんだ」

「早く失《う》せろ。目障りだぜ」

二人のチンピラが床の上でもがいている老女を靴の先で蹴りつけた。居合わせた乗客は自力で立ち上がれない老女に手を貸してやりたいとおもったが、チンピラが恐くて近寄れない。いずれも二十歳前と見える若者だが、身辺に漂わせている凶悪な気配は本物である。

そのとき同じ車内に居合わせた北野の足許《あしもと》に老女の杖が転がってきた。北野は杖を拾い上げるとチンピラの前へ歩み寄った。老女は北野が杖を拾ってきてくれたとおもって礼を言おうとしたとき、その杖がいきなり、広がっていたチンピラの足の上に小気味よい音をたてて振り下ろされた。

チンピラが悲鳴を上げた。

「お年寄りに謝れ」

北野は毅然《きぜん》とした声で言うと、杖を再び振り上げて追撃の構えを取った。チンピラは抵抗する間もなく、北野の気勢に呑《の》まれた。

「早く謝らぬか」

啞然《あぜん》としてすくんだようになったチンピラを杖が恫喝《どうかつ》した。

「す、す、すみませんでした」

「あ、謝ります」

チンピラは、北野の迫力に圧倒された。若さといい、体力といい、人数といい、チンピラの方が圧倒的に優勢である。それがたった一人の貧弱な中高年の北野の前にすくみ上がってしまった。

ちょうどそのとき電車がホームに入った。チンピラは這《ほ》う這《ほ》うの体《てい》で逃げ出した。期せずして車内から、拍手がわき起こった。

3

北野は後になって自分が取った行動に呆《あき》れた。これまでには考えられなかったことである。およそ暴力沙汰《ざた》は気配も嫌いである。北野自身、非力であるが、人と争うくらいなら譲ったほうがましという引込み思案で、そのためにせっかくのチャンスをいくつも失っている。両親や妻は彼の消極的な性格をもどかしがっている。

その彼が見るからに凶悪なチンピラ二人を向うにまわして杖を振りまわし慴伏《しょうふく》させ

た。無我夢中で飛び出して、後になって恐怖が醒《さ》めたというのでもない。だいたい無我夢中になれるような性格ではない。

自分がなにをやっているか、はっきりと認識している。「膜越し」の認識である。要するにあちら（死を予約した）側の世界からこちら側（この世）の世界に対して〝干渉〟したのである。完全にあちら側へ移住してしまえば、もはや干渉できない。干渉できるかできないか、実際に移住してみなければわからない。

だが薄膜一枚に隔てられているとはいうものの、まだ肉体と精神はこちら側の世の中にいる。こういうのを〝半人間〟とでもいうのか。よく「棺桶《かんおけ》に片足かけた」という表現を用いるが、この世にどんな干渉をしようと、棺桶に両足を入れる時期が少し早まるだけである。干渉になんの恐怖もなかった。隔膜の存在が恐怖をフィルターにかけたように漉《こ》してしまった。隔膜の存在が北野の消極的な性格を変えたのである。

そのとき北野は、はたとおもい当たった。どうせ大したことはできないが、余命のある間にこの世の不要なもの不正なものを少しでも取り除いていってやろう。

なにが正義でなにが不正かの判断には論議のあるところであるが、電車で遭遇した事件のように弱い者を虐げる行為が不正であることはまちがいないだろう。

この世では明らかに不正とわかる者あるいは要素でも、法の裁きを受けなければならない。面倒な手続きがあり、その間被害者は侵されたまま放り出される。裁判の間も加害がつづくことがあり、その間に命を失う者もいる。

ようやく不正と判定されても、その処罰は被害者が物心両面に受けた苦痛や被害に比べれば軽すぎる。場合によっては加害時に責任能力がなかったと判断されたり、証拠不十分で無罪放免になることも少なくない。

いずれにしても不正の被害者の救済は十分ではなく、即効的ではない。

不正が行なわれた時点と場所で、目には目の速戦即決的な救済こそ、被害者が最も求めているものである。

要するに公権力（ほとんどの場合強い者の味方）の救済を待たず、私的に救済をするのである。それが「隔膜越し」に北野にできる。

「余命を使ってこれをやってやろう」

北野は翻然として悟った。

4

「お母さん、また金魚盗まれちゃったよ」

息子の秀夫《ひでお》が泣きべそをかいて知らせに来た。伸子《のぶこ》が表の水槽を覗《のぞ》いてみると、昨日までそこに泳いでいた金魚と、秀夫が近くの川からとってきたメダカが一匹も見当たらない。

「まあ、ひどい」

伸子も憤りの声をあげた。夜中に来て布網で一尾残らず掬《すく》い取っていってしまったらしい。

「だいたい盗んだやつの見当はついているんだ」

秀夫はいまにも金魚泥棒の所へ抗議に行きそうにした。

「だめよ、証拠もないのに、めったなことを言っては」

伸子は慌てて制止した。

「金魚を見ればわかるさ」

「一つ一つに目印がついているわけじゃないでしょう」

「みんな特徴があるんだ」

「そんなことを言ってもだめよ。うちの金魚だというハンコでも押してなければ」

「悔やしいなあ」

秀夫は悔やし涙を浮かべている。店の前に臼《うす》型の石の水槽があり、そこに縁日で買った金魚や川で取ったメダカを小学生の秀夫が飼っていた。よく馴《な》れて、秀夫が行くと寄ってくるようになっていた。それが夜中に一尾残らず盗まれてしまったのである。

以前にも何度か盗まれた。最初は猫の仕業かとおもった。だが猫ならば一晩のうちに全尾さらって行かないだろう。

秀夫は近所の悪童の仕業だろうと見当をつけていた。だが現場を押えていないのでなんとも言えない。

「また飼えばいいわよ」

伸子は気落ちしている息子を慰めた。

5

住みなれた街が虫食いだらけになっている。地上げ屋によって古い住人が追い出された後、建物が取り壊されて空地のまま値上がりを待って放置されている。そんな空地が最近急に目立つようになった。すでにそこは以前の錯綜《さくそう》した路地の奥まで知悉《ちしつ》した街ではなかった。

松崎裕子は駅から家までの道を急いでいた。以前は駅から家並みの絶えることがなかった。家の中から人の気配と灯《ひ》が路面に漏れ、遅くまで通行人の影があった。深夜、女一人で歩いても不安をおぼえることはなかった。都会の一角に寄り集まってつくったコミュニティの温かさが街角にあった。

それが地上げ屋が入り込むようになってから街の様相が一変した。古い家と住人が少しずつ消えていく。そのあとに虫食いだらけの衣装のように街の諸所に穿《うが》たれた空地が、次第にその範囲を広げながら、辛うじて生き残っている古い部分をますます圧迫していく。

裕子は背後の闇の奥から、だれかが追いかけて来るような気配を感じて足を速めた。住人の一人一人の身上を知りつくしているような古い土地柄に、最近目つきのよくない見知らぬ顔が増えている。

しかし、まさかこの街でというこの土地で生まれ育った者の楽観がある。もう少しで家である。角を曲がれば、家の窓の灯が見える。背後の足音が迫って来た。振り返るのが恐い。裕子が走りだそうとしたとき、突然横の空地の暗闇からタックルをかけてきた者がある。悲鳴をあげようとした口を厚ぼったい脂ぎった手で塞《ふさ》がれた。

ほとんど同時に背後から迫った足音から手がのびていた。裕子はたちまち数人に手取り足取りされて空地の暗闇へ引きずり込まれた。

たすけてという声も出せない。裕子はたちまち寄ってたかって剝奪《はくだつ》された。こういうことに馴れているのか、動きにまったく無駄がない。順番もあらかじめ決められていたのか、争いも起きず、一人が取りかかっている間は他の者は彼女の手足を押えて協力する。

地獄のような暴虐と屈辱の時間がようやく終ったとおもうと、次の獣がのしかかってきた。ようやく一巡すると、最初の獣がまた欲望を再生させている。最初の苦痛は無感覚になった。裕子は徹底的に貪《むさぼ》られた。ずたずたに切り刻み小骨一本残さないような貪り方であった。その間獣は声一つ漏らさない。


ベランダに面した部屋のサッシ戸にコトリとなにかが当たったような音がした。

「あら、なにかしら」

手島朝子《てしまあさこ》が聞き耳を立てた。だがなんの気配もつづかない。

「耳の錯覚だったのかしら」

朝子が読みさしの本に向かいかけたとき、またコトリとサッシになにかが当たった。今度ははっきりと耳に届いた。

「だれかがいたずらをしているのかしら」

朝子は立ち上がった。五階建マンションの最上階の部屋という安心感から朝子はサッシ戸を開いてベランダに立った。ベランダに立って周囲を見まわしたが、べつになんの変ったこともなさそうである。

彼女はベランダのフェンスの前に立って見下ろした。下方に人影は見えない。下から石を投げたとしても、ここまでは届かない。都心にありながら閑静な一角である。まだ午後十時前後であるのに、夜間人口の少なくなるこの地域は、すでに深夜の趣きである。住人も固定資産税と地上げ屋に追い立てられて櫛《くし》の歯が欠けるように減っていく。地上には最近この地域に増えた野良犬も歩いていない。風が高層の壁面に当たった。

「変ねえ」

朝子が小首を傾げたとき、頭上からザブリと異臭を発する粘液を浴びせかけられた。あげた悲鳴が粘液に鼻口を塞がれて、断ち切るように消された。

朝子は一瞬窒息するかとおもった。呼吸が詰まり、目も開けられない。ようやく最小限の呼吸を取り戻したものの、なにが自分の身に起きたのかわからない。

全身が鳥黐《とりもち》にかかったように粘り、刺戟臭《しげきしゅう》が、目や鼻やのどを突き刺した。救いを求めたくとも声が出せない。手探りで電話機のそばへ這《は》い寄って、一一〇番した。相手が出たが、すぐに声が出ない。ようやくたすけてという言葉を押し出した。

警察官が駆けつけて来て、事態が判明した。警察官も最初朝子を見たときは、ぎょっとなった。

全身血の海にザブ漬けになったように真っ赤に染められている。室内も赤い粘液にまみれ、目がくらくらするような強い刺戟臭がこもっている。

警察官もこれほど大量の血を流している人間を見たことがなかった。それを赤ペンキと悟らせたのは鼻腔《びこう》を突く異臭である。何者かが屋上から赤ペンキをベランダに立った朝子にぶち撒《ま》けたのである。

犯人の詮索《せんさく》よりも、手当が先だった。警察官は救急車を呼んだ。

「地上げ屋の仕業です。黒井《くろい》一味の仕業にちがいないわ」

病院に運ばれて手当を受けた朝子は訴えたが、証拠はなにもなかった。

大屋真弓《おおやまゆみ》は、朝起きると玄関ドアのかたわらにあるミルクボックスからミルクびんを取るためにドアを開こうとした。だがドアの向うになにかが置かれているらしく、ドアが抵抗を受けている。

「なにが置いてあるのかしら」

真弓は眉《まゆ》をひそめた。以前にまちがってゴミ収集日の前にゴミを出したことがあった。そのとき、自治会の役員がゴミの中身を調べて、彼女のドアの前に戻しておいた。そのゴミ袋の抵抗と同じ感触である。だが今度はゴミを出してない。夜中に宅配便でも届いたのか。

真弓はドアを力をこめて押した。さほど重いものではないらしく、抵抗を退けてドアが開いた。ドアの隙から首を出して外を覗《のぞ》いた真弓は殺されるかのような悲鳴をあげた。ドアの前に犬の首が転がっていたのである。

山中郁子《やまなかいくこ》は最近いたずら電話に悩まされていた。そのほとんどは無言電話である。時にお経が聞こえることもある。電話機を座布団と毛布でくるんで押入れの中に放り込んだ。

それだけの〃防音〃を施しても深夜になって諸音が絶えると、呼出音が枕元へ這い寄ってくる。とうとうたまらなくなって、押入れから電話機を取り出して、いいかげんにしてよとどなりつけたら、受話器ががちゃりと置かれた。時計を見たら、ベルが鳴り始めてから五時間以上経過している。

電話をダイヤルしたまま、どこかへ行ってしまったのではない。その間受話器を耳に押し当ててこちらの気配をじっとうかがっていたのだ。

尋常の相手ではなかった。相手は一人ではなく、交代で電話のいやがらせをやっているのである。相手はだれかもおおよそ見当がついている。最近この辺の土地を買い占めている地上げ屋一味であろう。

初めは札束を手にして現われ、それに動かないとなると、ありとあらゆる手を使って追い出しにかかる。電話も彼らの手の一つである。

今日も朝からしつこい無言電話が鳴りつづけている。無視したくとも中には用件のある電話も混じっているので、できない。夫は気にするなと言うだけである。

たいていの普通電話は呼出ベルが七、八回鳴るとこちらを留守と判断して切れる。

それ以上、十二回から十七、八回鳴るのが交換台を通して呼び出している場合である。それ以上鳴るのがいたずら電話である。

だが、その中に非常に重要な電話や緊急電話が混じっていることがあるので無視できない。先刻から十七回以上鳴っている電話がある。最初は二十五回で切れ、次が三十回、そしていま三十回以上鳴っている。

「そうだ、正《ただし》が外にいる！」

いたずら電話に気を取られて、一人息子の五歳になる正が外へ遊びに出ているのを忘れていた。マンションの二階にある彼女の家の窓から正の遊び場の公園が見渡せるので、いつも安心して出している。

もしかすると正になにかあったのかもしれない。不吉な予感に襲われた郁子は、窓から外を覗く前に受話器を取った。

「山中さんの奥さんだね」

受話器から年輩らしい濁った男の声がしてきた。声を聞いただけで、いやな相手だとおもった。世俗の垢《あか》をたっぷりなすりつけた中高年の、でっぷり太った髪の薄い男を彼女は想像した。受話器から口臭が漂ってくるような声質である。聞き憶《おぼ》えのない声である。

「そうですけど」

郁子は構えて答えた。

「窓から外を見るといいよ」

「なんですか」

不吉な予感に耐えて聞いた。

「見ればわかるさ。外は危険がいっぱいだから、お子さんを一人で出さないほうがいいな」

「いやっ」

郁子は悲鳴をあげて、受話器をそのままに放り出して窓へ飛んで行った。ちょうど正が公園から三輪車を転がして道路の方へ出て来ているところであった。道路へ出てはいけないと言い聞かせていたのに、風船をたくさんもったサンドイッチマンが正を呼んだらしい。

「正、公園の外へ出てはだめよ」

郁子が窓から首を出してどなったとき、道路の一方の端からダンプカーが地軸を揺《ゆる》がして驀進《ばくしん》して来た。

「正！」

逃げてという母の叫びをダンプの轟音《ごうおん》がかき消した。急ブレーキのいやな軋《きし》りが、郁子の胸を引き裂くように路面に鳴って、正の小さな体はダンプの巨体のかげに隠された。

「いやよ、いや」

泣き叫びながら郁子が半狂乱になって駆けつけたときは、ダンプカーは走り去り、ひっくり返った三輪車のそばで、正がベソをかいていた。駆けつけた郁子が抱き上げると、恐怖に目覚めたのか母親にしがみついて火がついたように泣き出した。

サンドイッチマンの姿もいつの間にか消えていた。

6

それは都心の一角におき忘れられたように残っていた古い街であった。昔ながらの商店街の周囲に、軒の低い小住宅や精々《せいぜい》五階までのエレベーターのないマンションや、モルタル造りのアパートが建ち並んでいた。地域の小学校は、戦前からの古い歴史がある。地域の住人の親どころか祖父母が通っていた学校である。

この小学校が都心の過疎化に伴う学童の減少で廃校に追い込まれた。このころからこの地域に都市再開発計画の名目で地上げ屋が暗躍するようになった。

彼らはまず商店街に狙いをつけた。八百屋、魚屋、肉屋、菓子屋、パン屋、薬屋、レストラン、そば屋、公衆浴場など日常生活と密着した店舗を次々に攻略した。頑張っていた店も、札束といやがらせの前に次々と姿を消した。

商店のない街は、もはや街として機能しない。次いで、住人に対する凄《すさ》まじい地上げ攻勢が始まった。ねばる住人にはあらゆるいやがらせや恫喝《どうかつ》が加えられた。発煙筒や汚物が投げ込まれる。ガラスが叩《たた》き割られる。電話線が切られる。猛犬を放し飼いにする。

遂には放火が行なわれた。幸いに発見が早く、大事に至らぬうちに消しとめたが、危うく付近一帯総なめにされるところであった。

補償額の相違は古い住人の間にも相互不信を植えつけ、古い街をずたずたにしただけでなく、土地に根を下ろしていた人間関係まで破壊した。

嫌気がさして一軒また一軒と立ち去って行った後は、あっという間に建物が取り壊され、ブルドーザーが土を均《な》らし、ペンペン草の生える空地となる。これが転々と転がされて地価を高騰させ、さらに周辺の地上げを激しくさせるという仕組《メカニズム》である。

地上げ屋はまず住人に話をもちかける下請け屋、それでも出て行かない住人を追い出す追い出し屋やこわし屋、出て行った土地を転売する転がし屋、地上げに伴う後始末専門の始末屋など、いくつかのチームに分業している。

一度地上げ屋に狙われた地域は、マツクイムシに取りつかれた松林やオニヒトデがはびこったサンゴの群落のように、無惨に食い荒らされてしまう。

古い街は永久に死に絶え、たとえ再開発によってよみがえったとしても、それは以前の街となんの関わりもない「異型の街」となる。

建物や住人が変っただけでなく、街のある宇宙が異なってしまうのである。

この地域の地上げの元凶が暴力団黒龍《こくりゅう》組の組長、黒井龍蔵《くろいりゅうぞう》である。彼は自らもサラ金や手形割引き業などを営み、大手の銀行や建設会社などの手先となって地上げの最も汚い仕事を代行している。

彼に地上げを依頼した大手のなかにも、彼のあまりに悪辣《あくらつ》な手口に恐れをなして、おりてしまったところもあるといわれる。

黒龍が動いているというだけで、住人は恐れおののいて逃げ出すほど、数ある地上げ屋の中でも悪名が高い。

しかも手口が巧妙で、証拠を残さない。警察上層部に影響力のある大物政治家ともパイプが通じている。

この黒龍組の悪辣な地上げの手口が週刊誌に紹介された。だが、その週刊誌は名誉毀損《きそん》で告訴され、謝罪広告を出し、間もなく休刊に追い込まれた。

この週刊誌の記事が北野純一の目に触れた。黒龍組の悪辣ぶりは彼も知っている。目下、黒龍のターゲットにされている地域には彼の末妹が住んでおり、その子供が先日地上げ屋の手先のダンプに危うく轢《ひ》き殺されそうになった。その地域が気に入っていてそれまで頑張っていた妹一家も怖気《おじけ》をふるって逃げ出してしまった。

「黒井龍蔵か。こいつをおれの〝石〟にするか」

北野はつぶやいた。黒井一人を取り除いたところで地上げが止むわけでもなければ、世の中少しもよくならないだろう。だが不正に対するかなりの報復と見せしめにはなる。怒濤《どとう》のような地上げ攻勢にも、多少のブレーキをかけられる。

「黒井なら、おれの石として十分の重みをもっている」

北野はうなずいた。黒井龍蔵を死出の道連れにしてやろう。生きていても、世の中に害悪しか流さない男である。黒井と自分とは直接なんのつながりもない。妹の線から北野を探り出すことは不可能である。

北野はようやくターゲットを見出《みいだ》したおもいであった。身体は日に日に衰えている。急がなければならなかった。

まず黒井に的を絞るためには、彼の身辺やライフスタイルを研究しなければならない。暴力団の組長として、また多数から怨《うら》みをかっている身として当然の警戒をしているだろう。

それらの警戒網をかい潜って、死病に取りつかれた、これまで暴力沙汰《ざた》とは無縁だった北野が黒井の身辺までたどりつき、その不正を糺《ただ》すことができるか。

北野が健康なときであれば、それは幻想である。だがいま寿命を限られて、実現しなければならない義務となり、余命のある間に返済しなければならない彼の人生の債務となっていた。

7

黒井の自宅は都下M市の高台にある。武蔵野《むさしの》の自然が残る遊園地の隣地に広大な敷地を擁して、要塞《ようさい》のような大邸宅を構えている。

鉄の門扉《もんぴ》には監視カメラ、邸《やしき》の要所要所には警報装置、居間は防弾ガラスを張りめぐらし、庭にはドーベルマンを放し飼いにし、用心棒が常に五、六人詰めていると、以前週刊誌のインタビューに応《こた》えて〝要塞〟の一部を公開したことがある。

これは自分の勢力の誇示と、反対勢力に対する牽制《けんせい》のためであろう。

この要塞には重武装の戦車もはね返されそうである。すると外出時を狙う以外にないが、これが常に用心棒を数名伴っている。一見まったくつけ込む隙がないようである。

だがどこかに隙間はあるはずだ。黒井も四六時中ガードマンに取り囲まれていては息が詰まるだろう。女の許《もと》へ行くときはどうか。人目に隠れた趣味はないのか。

北野は必死に詮索《せんさく》した。「火事場の馬鹿力」という譬《たと》えがあるが、人間追いつめられると、自分でも信じられないような才能や能力を発揮するものである。

北野は自分に意外な調査力と嗅覚《きゅうかく》があるのを発見した。もっと早く気がつけばその方面の仕事に就いたかもしれない。

黒井の身辺と生活様式があらかた洗い出された。特定の女は現在二人いる。一人は京都の芸妓《げいぎ》出身、もう一人は銀座のホステス上がりである。いずれも黒井名義のマンションに囲って週一回の割で通っている。京都が月曜日、銀座が木曜日、土曜日はたいていゴルフ、日曜日は自宅で過ごす。

平日は午前十時ごろから都内数ヵ所の事務所をまわり、六時ごろに帰宅する。客を接待するときは遅くなるが、午前零時をまわることはまずない。これは女の家へ寄ったときでも同じである。

ゴルフ、接待、女の家へ行くときも数名の用心棒が張りついている。女の許で二、三時間過ごす間、用心棒は控えの部屋で待っている。

プライバシーのまったくないような生活であるが、黒井はそんなライフスタイルに結構満足しているようである。

だが意外なところに盲点があった。北野が監視を二十四時間密着態勢に拡大して黒井の身辺を探っている間に、ある朝、まだ醒《さ》めやらぬ黒井邸の通用門から二個の人影が出て来るのを見つけた。

時計を見ると午前五時三十分、朝靄《あさもや》が地上にわだかまって人影も定かに見きわめられないほどである。人影はトレーニングウエアをまとっている。

北野は用心棒か黒井の家人が早朝のジョギングでもしているのかとおもった。だが北野の潜むものかげに近づいて来た人影の主を悟って目を見張った。その中の一人は黒井本人であったのである。まさかと徹夜した目をこすってみたが、まちがいない。

これまで監視態勢の盲点に入っていた時間帯である。

さすがの黒井も早朝ジョギングに多数の用心棒を侍《はべ》らせるのが気が引けるのか、あるいは早朝ということで気を許したのか。たった一人の用心棒を引き連れたのみで自邸の周囲を走っている。武器ももっていないようである。防弾ガラスの車もない。まだ屈強な用心棒が一人いるが、それ以外の時間帯の全身鎧《よろい》で固めたような警戒に比べれば、裸同然である。

北野は早朝サイクリストに扮《ふん》して尾行をつづけた。まず門を出ると、桜並木に沿って岡を下り、魚《うお》無し川と呼ばれる小さな運河に沿って右へ曲がり、商店街へ出る。商店街を通り抜けると、再び右折して稲荷《いなり》社の参道を上り、社《やしろ》の鳥居前を右折して進むと自邸の門前へ戻る。この間約五キロである。所要時間約三十分である。

途中商店街にある自動販売機から健康飲料を一本飲むこともわかった。

「狙うのはこのときかな」

北野は不死身のジークフリートの身体に落ちた一枚の木の葉による急所を見つけたような気がした。健康ドリンクを飲む間、用心棒は少し離れた所で待っている。自動販売機へ先まわりして待ち伏せていれば、黒井を倒せる。武器は細身のナイフ、ドリンクを飲む無防備な姿勢を背後から一刺しすれば、いかに黒井といえども防げまい。用心棒が駆けつけて来る前に致命傷をあたえればよい。

用心棒も早朝ジョギングの途中に待ち伏せて襲って来る者があろうとは、夢にもおもっていないようである。用心棒というより、一人で走ってもつまらないので伴走させている感じである。用心棒も宿直が交代でつとめているらしい。毎朝顔が変っているが、寝ぼけ眼《まなこ》でいやいやつき合っている気配である。

この朝の日課は、ゴルフへ行く土曜日以外はよほどの悪天候でないかぎりつづけられる。時間も判で押したように五時半からである。

北野は敵状偵察が終ると、作戦に取りかかった。悪天候だと取り止める虞《おそ》れもあるので、天気予報とにらみ合わせて、好天の周期に入るのを待つ。火と金は前夜女の家へ行くのでひょっとすると泊まることになるかもしれない。平日の朝は早朝出勤者と出会う危険性がある。このように検討していくと、日曜日の朝が狙い目であった。作戦も入念に練り、いよいよ実施を残すのみとなった。

8

土曜の夜は仲間が集まって徹夜麻雀《マージャン》をするのが恒例である。前田孝雄《まえだたかお》もそのレギュラーメンバーである。いつも仲間をカモにして小遣い銭ぐらい稼ぎ出してしまうのであるが、その夜は調子が悪かった。打てば打つほど負けが込んでくる。いつものカモにカモにされている。

ツキもなかったが、麻雀に必要な体力と気力がないのだ。勝負を支えるものは結局その力である。基礎的な体力に欠けているので、息切れがしてしまう。勝負を初めから投げている。

それでもそのうちに流れが変るかもしれないと、未練たらしくしがみついていたものだから、ますます傷を広げてしまった。これ以上つづけると死にそうな気がした。東の空が白みかけるころ這《ほ》う這《ほ》うの体《てい》で逃げ出してきた。

まだ街は暁闇《ぎょうあん》の底に眠っている。休日の朝とあって平日の明け方より深い眠りの中に沈んでいる。街路には動く影はない。いまのうちに家に帰り着けば、まだ「朝帰り」にならないかもしれない際どい時間である。

シャッターを下ろして寝静まった商店街を歩いて来ると、健康ドリンクの自動販売機が目に入った。急にのどの渇きをおぼえた前田はポケットからコインを探り取り、ドリンクを買った。プルリングを引いて呑《の》み干すと、気のせいかいくらか活力を取り戻したようである。

その方角に目を向けると、通りの向かい側のクリーニング店の前に置かれた石臼《いしうす》型の水槽に猫がしきりに前足を出している。前田が見ている前で、猫が金魚を捕まえた。前田は「こらっ」と叫んで通りを横切った。猫が金魚をくわえて逃げた。水槽の中を覗《のぞ》き込むと十数尾の金魚が怯《おび》えたように固まっていた。

9

いよいよ決行の日がきた。実行に備えて、刃渡り三十センチの短刀を用意した。家に重代《じゅうだい》伝わっている無銘の短刀である。無銘ながら名工の鍛えたものらしく、刀身は海のように深い色合いを帯び、いかにも切れ味がよさそうであった。

天気予報に偽りはなく、朝靄のわだかまる頭上には抜けるような青空がある。

五時三十分、黒井家の鉄門が開いて、朝靄をかき分けながら一個の人影がゆっくりと走り出て来た。北野は目をこすった。いくら目をこすっても人影は一個である。その朝にかぎって黒井は用心棒を連れていない。

まさに千載一遇のチャンスであった。北野は自転車を駆って決行場所と決めた自動販売機の前に急いだ。濃い朝靄が格好のスクリーンとなってくれている。

北野は販売機の近くの立看板のかげに身体を隠して黒井の到着を待った。黒井家の門からここまで約十五分かかる。腕時計をにらんでいると靄のかなたから、時間通りに黒井の姿が現われた。

いつものように自動販売機の前に立ち停まって、健康ドリンクを取り出した。無防備の背中が彼の方へ向けられている。いまだ！　北野はいままさに行動を起こそうとした。


同じ日の午前六時三十分ごろ、前田が健康ドリンクを買った自動販売機の前に背中から血を流して倒れているジョギング姿の男を、通りかかった牛乳配達が発見した。牛乳配達の通報によって警察が臨場して来た。男は後背部から鋭利な刃物で刺されて死んでいた。殺人事件として本庁捜査一課に第一報された。

被害者を、現場の近所に住んでいる黒龍組組長黒井龍蔵と知って、捜査員は暴力団関係の抗争を疑った。黒井は現在大手資本数社の依頼を受けて都心部の地上げを強引に進め、多方面から怨《うら》みをかっている。それ以外にも悪辣《あくらつ》なサラ金や債権取立てなどを行なっている。

資金源としていた麻薬の取締まりが厳しくなったので、近頃は〝経済ヤクザ〟への傾斜が著しい。どこでどんな怨みを含まれてもおかしくない人間である。

「それにしても一人で早朝ジョギングとは油断だったな」

通報を受けて現場に一番乗りをして来た所轄署の刑事がつぶやいた。被害者はトレーニングウエアを着ており、死体のかたわらに自動販売機から買ったとみられる、飲みかけの健康ドリンクのびんが転がっている。

健康ドリンクを飲んでいるところを後背部から刺されたらしい。傷口は二ヵ所、一ヵ所は左後背部の心臓の裏側、他の一ヵ所は右腰部である。刺創口の先端はいずれも深部に達している模様である。

家人の話では、いつもガードマンが一人伴走することになっているが、その朝にかぎって〝当番〟が発熱し、代替の者が急に間に合わなかったために、一人でジョギングに出かけたということである。

犯人は、被害者の生活を研究していて、現場に待ち伏せていたらしい。現場周辺に検索と聞き込みの網が張られたが、休日の早朝という時間帯で目撃者が現われない。

これがもう少し早いか遅いかすれば、深夜帰宅者か、牛乳配達や新聞配達などの早朝労働者の目に触れたかもしれない。

「最近のヤクザは夜討ち朝駆けとなったとみえるな」

所轄の当直で署から駆けつけて来た帯広《おびひろ》という刑事が憮然《ぶぜん》として言った。現場に一番乗りをした刑事である。彼は二ヵ所の傷口の部位が離れているのが気になった。腰部の傷は犯人が凶器を腰だめに低い位置に構えて突き出した状況を物語っている。左後背部はかなり高い位置から凶器を振ったものとみられる。

被害者は逃げる間もなく倒れた模様であるが、このような際、つづけて振われた凶器による損傷部位は接近していることが多い。被害者が倒れたために犯人との位置関係が変ったのかもしれない。

死体は検視の後、解剖に付された。その結果、死因は鋭利な刃物による心臓損傷に伴う失血。また腰部から総腸骨動脈《そうちょうこつ》に達する刺創があり、腹腔《ふくこう》内出血が認められる。後背部の凶器は刃渡り二十センチ以上三十センチ以下とみられる匕首《あいくち》状、また腰部は刃渡り十三センチ前後の出刃庖丁《でばぼうちょう》状の有刃器と認められる。どちらの傷が先に形成されたか判定不能、死亡推定時刻は午前五時から六時の間と鑑定された。

これは被害者が午前五時半に家を出たことが確認されているので、同時刻から三十分の間に殺害されたことになる。

二つの傷は二つの異なる凶器によって形成されていた。同日午後所轄署に設置された捜査本部ではこのことが問題になった。

「犯人が二つの凶器を操ったのか」

「宮本武蔵《みやもとむさし》じゃあるまいし、犯人は二人いたんだ」

「二人いたにしてはどうも襲撃の方法がおかしい」

帯広が口を開いた。

「どうおかしいんだね」

「二人いれば腹背からはさみ撃ちにするのが常道だとおもうが。それが二人とも後ろからしかけている。一人が失敗すれば、逃げられる虞《おそ》れがある」

「前から行けばかえって警戒されるだろう。一人が後ろから一撃をあたえて、二人目が止《と》どめを刺したとしてもおかしくないとおもうが」

「凶器もなんとなく引っかかるんだ」

「どう引っかかるんだ」

「一方は匕首、片方は出刃庖丁ということだ。ヤクザが出刃を使うかね。ヤクザが共謀したとすれば、似たような凶器を使うだろう」

「ヤクザの犯行と決まったわけじゃないよ」

「ヤクザでないにしても、なにかチグハグな感じなんだなあ」

「先入観をもってはいけない。殺人に統一性なんかない。綿密に謀《しめ》し合わせていても、いざ実行となると、うろたえるもんだよ。凶器はどっちも刃物《ヤッパ》を使っている。軍隊じゃないんだ。制式武器を使っているわけじゃあるまい」

軽い失笑が起きた。

帯広は釈然としなかったが、適当な反駁《はんばく》をおもいつかなかったので、沈黙した。だが事件は急転直下解決に向かった。

その日の夕刻、家人に伴われて犯人が捜査本部に自首して来たのである。北野純一という四十九歳のサラリーマンで、被害者の悪辣な地上げにがまんできなくなって〝天誅《てんちゅう》〟を加えたというものである。

当然「二つの凶器」について質問された。

「凶器は匕首と予備として庖丁の二丁用意しました。犯行後、クリーニング屋の前にあった水槽でさっと洗ってから、魚無し川に捨てました」

「なぜ凶器を二丁用意したのかね」

「それは……折れたり刃が欠けたりした場合に備えてです」

北野の供述に基いて魚無し川を捜索したところ、該当する匕首と出刃庖丁を発見した。

北野の自供も得られ、凶器も発見された。検察へ送られた後も、彼は警察に対して行なった自供を忠実に繰り返した。

10

帯広は北野の自供の裏づけ調査を行なった。北野が予備を含め凶器を二丁用意したという自供をすんなり受け入れられなかった。だが自供に見合う凶器は発見されている。川中に浸されていたが、発見が早かったので、凶器から人血反応も認められた。水流に洗い流されて、血液型の判定までは不能であった。

なお指紋も双方の凶器から北野の指紋が顕出《けんしゅつ》された。

帯広は北野が凶器を洗ったというドラ猫ママクリーニングの水槽を確かめに行った。直径四十センチ、深さ三十センチ程度の石臼《いしうす》型の水槽であり、濁った水の中に金魚藻が浮いている。金魚の姿はない。ここも犯行後検索され、水槽中に金魚がいなかったことは確かめられている。

「金魚は飼っていなかったのですか」

帯広はクリーニング店の主人に問うた。水槽には金魚藻が揺れて、いままで金魚が泳いでいたような気配がある。底の方には金魚の排泄《はいせつ》物らしいものが沈澱《ちんでん》している。

「それが盗まれちゃったんですよ」

主人がよく聞いてくれたと言わんばかりに答えた。

「盗まれた？」

「——日の夜、閉店するときは十数尾の金魚とメダカが泳いでいたのですが、次の朝店を開いたときは、一尾もいなくなっていたのです」

「——日というとお宅の前で殺人事件があった前日ですが」

「そうです。黒龍組の組長さんが殺されて大変な騒ぎでしたよ。おかげで金魚を盗まれたのが、すっかりまぎれてしまいました。息子が可愛がっていたんですが、本当に悪いことをするやつがいるもんです。水槽に入れる度に盗まれてしまう」

「盗まれたのは今度が初めてじゃないんですか」

「もう三、四回やられています。息子は泥棒のだいたいの見当はついていると言っていますがね」

聞き込みをしている間も客が絶えない。丁寧な仕事をするので繁盛している店である。

「猫が犯人じゃないのですか」

「猫も時々くわえて行きます。しかし猫は一晩のうちに一尾残らず引っさらって行くようなことは決してしませんよ。今度は夜通し見張っていて現場を押えてやろうかとおもっています」

「殺人のあった明け方、徹マンから帰って来る途中、猫がそこの水槽から金魚をくわえて逃げたので、中を覗《のぞ》いたら、まだ金魚がいましたよ」

そのときワイシャツを出しに来ていたサラリーマン体《てい》の客がかたわらから口をはさんだ。

「金魚がいた？　それは何時ごろかわかりますか」

「五時に一、二分前でした。そのとき腕時計を覗いたので憶《おぼ》えています」

「五時一、二分前……」

帯広はそのことの意味を考えた。犯行が演じられたのが五時半から六時の間、六時三十分には死体が発見されている。七時には現場は警察の管理下に入っている。

その後に金魚を盗むのは不可能である。すると金魚が盗まれたのは午前五時から六時三十分の間ということになる。金魚泥棒と殺人が同時間帯に進行していた……！

「ご子息は金魚泥棒の見当がついていると言ったそうですが、ご子息に会わせてください」

「まだ小学三年生ですから」

クリーニング店の主人は、帯広の見幕に驚いたらしい。客商売なので幼ない息子の言葉で客に迷惑をかけることになるかもしれないのを恐れたらしい。

「大丈夫です。お宅にはご迷惑をかけません」

帯広の気迫に押されて店主は息子を呼んだ。息子はいきなり刑事から聞きたいことがあると言われて、おどおどしている。

「坊や、金魚また盗まれちゃったんだってね」

「うん」

少年の目がこちらの意図を探っている。

「可愛がっていたんだろう」

「うん、とっても」

少年の目に憤りの色が現われた。

「泥棒を知っているんだってね」

「あいつの仕業に決まってるんだ」

「だったらどうして取り戻さないんだ」

「お母さんがよせと言うんだ」

「たしかに泥棒だという証拠があるのかい」

「あるよ」

「どんな証拠だね」

「サイクロキータ病にかかっていたんだ」

「えっ、なんだって?」

「サイクロキータ病だよ。金魚の病気だよ」

「きみの金魚がそのサイクルなんとか病だったのかい」

「サイクロキータだよ」

「どうしてそんな病気だということがわかったのかね」

「金魚博士が教えてくれたんだ。あ、いけねえ」

少年は慌てて口を押えた。帯広ははんとおもった。

「その金魚博士が金魚泥棒なのじゃないのかね」

「…………」

「どうなんだね」

「ぼくが言ったということを黙っていてくれるかい」

「約束するよ。言わない」

「金魚博士が預けてくれれば病気を癒《なお》してくれると言ったんだ。でも本当に返してくれるかどうかがわからないので預けなかったんだ。そうしたら……」

「盗んでいっちゃったのか」

少年はうなずいた。

「その金魚博士の家を教えてくれないかな」

帯広はようやくかすかな手がかりをつかみかけていた。金魚泥棒が犯行を目撃していた可能性は大きい。彼が事件の真相を知っているかもしれない。

北野純一が自供して事件は一応解決した形になっている。現在は自供のウラを取る調べであり、事後調査である。だが帯広の胸の底では釈然としない異物の澱《おり》が違和感の気泡をブツブツと発している。金魚泥棒が帯広の心の異物を解明してくれるかもしれない。

金魚博士はクリーニング店の近くに住んでいる真崎弘《まざきひろし》という小学五年生であった。なるほど金魚博士という仇名《あだな》にふさわしく、家の中は水槽だらけで各種の金魚や熱帯魚を飼っている。

帯広が警察から来たというと、真青になってがたがた震え出した。

「弘君、恐がらなくていいんだ。――日の朝、午前五時ごろから六時半ごろまでの間、きみがドラ猫ママクリーニング店の前で見たことを正直に言ってもらいたいんだ」

「ぼ、ぼくは知らない」

ようやく押し出した声が震えている。

「きみがそのときドラ猫ママクリーニングの前にいたことはわかっているんだよ。きみは金魚なんか盗んでいない。病気になった金魚を癒そうとしているだけだ。そうだろ」

帯広に顔を覗き込まれて、ついうなずいてしまった。

「だれもきみが金魚を盗んだなんておもっていない。どうかね、きみがそのとき見たことを正直に話してもらえないかな」

「放っておくと死んじゃうので、ついもってきたんだよ」

「きみは金魚をたすけたかったんだね。なんという病気だったかな」

「サイクロキータだよ。白いマダラが全身に広がって、治療しないと死んじゃうんだ。前の金魚は白雲病《はくうん》になっていた。水槽が小さすぎて、水が汚れちゃうんだ」

「そうだったのか。それで病気は癒ったのかい」

「癒ったよ。でもあの狭い水槽へ戻すのが可哀相でついそのままにしておいたんだ」

「そうかそうか。それではおじさんが水槽を替えるように言ってあげるから、そのうちに返してやったほうがいいな」

「うん」

「それできみはそのときなにか見なかったか」

少年の目に怯《おび》えの色が浮かび、帯広は少年が「知っている」ことを確信した。

「恐がることはない。正直にきみが見たことを言ってごらん」

「ジョギングのおじさんが自動販売機からドリンクを飲んでいたんだ」

少年の表情が記憶を追っている。

「それでどうしたね」

「そのとき後ろから庖丁《ほうちょう》で刺したんだ」

「庖丁で刺したのか。短刀じゃなかったのかね」

「庖丁だったよ。はっきり見えたよ」

「刺した人は私と同じ年くらいのおじさんだったろう」

「ちがうよ」

「ちがう⁉」

「高校生だったよ」

「高校生だって⁉」

帯広は愕然《がくぜん》とした。

「どうして高校生とわかるんだ」

「顔を知っていたんだよ。少し前にこの近くに引っ越して来た人で、何度か駅前ですれちがったことがあるんだ」

フラッシュバック

北野純一がまさに行動を起こそうとした矢先、一個の人影が黒井の背後へ駆け寄った。人影は北野の見ている前で腰だめに構えていた凶器を黒井の腰に抱きつくようにして深々と突き立てた。

黒井は一声うめくと、数歩前によろめき歩いて倒れた。凶器は加害者の手から移って、黒井の腰に突き立てられたままである。黒井は地上でもがいていた。加害者はその様を茫然《ぼうぜん》と突っ立って見ている。

その前に北野は飛び出した。地上でもがいている黒井を虫をピンで留めるように背中から胸にかけて短刀を垂直にブッリと突き刺した。

「早く逃げろ」

棒立ちになっている最初の加害者を、北野はうながした。北野の言葉も耳に入らぬらしい。

「なにをしている。あとは私に任せて逃げろ」

北野に叱咤《しった》されて加害者はようやく夢から醒《さ》めたようになった。

第一加害者が立ち去ってから、北野は凶器を引き抜いた。第一加害者が突き立てたまま放置した出刃庖丁も引き抜いた。黒井は北野に心臓に止《と》どめを刺されて完全に息絶えていた。まだ地上は濃い朝靄《あさもや》の帳《とばり》に閉ざされて動くものの影もない。

北野は二つの凶器を通りの真向かいにあった石臼《いしうす》型水槽でざっと洗い、自転車に乗って現場から離れた。凶器は途中の運河に捨てた。その際、出刃庖丁についているはずの第一加害者の指紋を消すのを忘れなかった。

11

真崎弘から重大な情報が寄せられた。真崎情報をもとに、松崎圭介《けいすけ》という高校二年生が浮かび上がった。彼の一家は二ヵ月前まで都心の一角に居たのだが、地上げにあってこちらへ移転して来たものである。新しい家と土地は黒井龍蔵が手当した。

さらに調査を進めると、松崎圭介の姉が北野のがん宣告の翌日に寿退社し、その後、帰宅途上で不良の待ち伏せにあい、輪姦《りんかん》され、縁談が破れたということである。姉はその事件が原因で鬱《うつ》病になり、現在治療中ということである。松崎圭介の犯人適格性は十分であった。

だが帯広は、本人がまだ十六歳の少年であることを考慮して捜査会議に提出するのを保留した。帯広はもう一度北野純一と二人だけで会った。

「きみはなにか隠していることがあるな」

帯広は北野の目を凝視した。

「隠していることなんかありませんよ」

北野が射返すように見た。二人の視線が宙にぶつかり火花を発した。

「そうか。松崎圭介という高校生を知らないかね」

「まつざき……、知らないね。それがどうかしたのですか」

「彼がきみの〝先客〟だよ」

「先客？」

「きみが黒井を刺す前に彼が出刃庖丁で黒井を刺したんだ」

「馬鹿な。なにを証拠にそんなことが言えるのですか」

北野が唇の端でうすく笑った。

「見ていた人がいたんだよ」

「見ていた人が！」

北野の表情がぎょっとしたようである。

「ちょうどそのとき、現場に居合わせた人間がいてね、一部始終を見ていたんだよ。きみは松崎圭介が黒井を刺したまま凶器を放置して逃げた後、黒井に止どめを刺して、松崎の凶器も抜き取って現場から立ち去ったのだ。どうして本当のことを言わなかったのかね」

二人はそのままたがいの目の奥を凝《じ》っと見合った。最初に目をそらせたのは北野である。

「刑事さん、正義はだれが決めるのですか。不正の犠牲になった者は、だれが救ってくれるのですか」

北野が問うた。真摯《しんし》な表情であった。

「なにが正義でなにが不正か、それを決めるのは難しい問題だよ。ただ言えることは、正義は個人が勝手気ままに決めるものじゃない」

「そうでしょう。正義の一応の基準として法律があります。法律を守るということが一応正義の形です。しかしその法律はだれがつくるのか。その時代時代の社会条件によって正義も変ってきます。かつて我々は日本の戦争が正義であり、それに反する思想や平和運動が不正とされたこともあります」

「いったいきみはなにを言いたいのだね」

「正義はまたその人間の生活環境、世代、教育、所属集団、経済力などによっても変ってきます。ともかく人や時代によって、多様に変る正義の最大公約数が法律でしょう」

「きみはその法律を犯したのだ」

「不正を私が懲らしめたのです」

「不正を個人が懲らしめたら私刑になる。そのために法律があり、我々がいるんだ」

「不正が行なわれ、その被害者となったとき、法律が不正を裁き、被害者を救ってくれることはわかっています」

「だったらなぜ」

「法律による救いは常に遅いのです。あまりにも遅すぎます。そして被害者にとって十分ではない。結局、法律も正義も本当に弱い者の味方となってくれない。そしてそれらは時間がたっぷりある者のためにあるのです」

「時間がたっぷり……？」

「刑事さんが仮に余命をいつまでと刻まれていて、自分の正義を侵されたとしたら、のんびり法律による救いの手が伸びてくるのを待っていますか。自分が死んだ後にそんな手がさしのばされたところでなんにもなりません。寿命を刻まれている者にとって正義とは、自分が決めるものなのです。なにが正義で、なにが不正か、自分が生きている間に決めるものです。そして正義を実現します。私はそれをしたのです」

「きみは……」

「私はがんです。精々《せいぜい》保って半年と宣告されています。すでに二ヵ月消費したので、あと四ヵ月の命です。動きまわれるのはあと一ヵ月くらいでしょう。社会の正義は、寿命を刻まれていない者のためにあります。私には通用しません。刑事さん、お願いです。私にはもう時間がない。あの若者には無限の可能性があります。なにも犯人を二人つくることはないでしょう。あの若者の姉は私と同じ会社につとめていた。彼がなぜあのようにせざるを得なかったか、私は知っている。私がもう少し早く行動を起こしていれば彼は自分の手を汚すこともなかった。彼が刺した後、黒井は生きていました。私が止どめを刺したのです。そしてそれが私の余命を懸けて実現した正義なのです。どうか私の正義を時間がたっぷりある人用の正義と取り替えないでください」

北野は切々と訴えた。


帯広は手を空しくして帰って来た。自分は正義の実現のために社会の不正と戦っていると信じていた。いまもその信念は変らない。

だが、もし自分が北野のように寿命を刻まれたら、正義の基準尺度としての法にあくまでも忠実たり得るか。北野が言ったように自分自身が余命の正義を決めるのではないのか。

その日、帰署して帯広は捜査本部長に報告した。

「すべて北野の自供の通りです。北野の単独犯行に疑いありません」

青春の遺骨

母校の正門をくぐると、山県《やまがた》が学んだ、学生時代の想い出が深く刻まれている東西校舎が並んでいる。

オリンポスの宮殿を彷彿《ほうふつ》させる古格ある荘重な図書館の屋根が、重なる銀杏《いちょう》並木の梢越《こずえ》しに覗《のぞ》いている。

渋谷《しぶや》に近い広大なキャンパスには、新たな校舎が増設されているが、その間に、四季折々の花に彩られるガーデンが鏤《ちりば》められている。

教室の講義の合間、学生たちは、入園自由のガーデンのそれぞれの位置に腰を下ろし、夢多き未来を語り合った。

ガーデンは新築の校舎にかなり蚕食《さんしょく》はされているが、緑《みどり》が岡《おか》と称《よ》ばれるキャンパスには、都心のビルの谷間にコンクリートの床に固められている他大学の殺風景なキャンパスとは違い、現役の学生たちが、豊かな緑と、それを彩る四季の花々に包まれて、青春真只中《まっただなか》の大学時代を謳歌《おうか》している。

幼稚園から高校まで、進学という重荷を背負わされている世代が、憧《あこが》れの大学に進学し、社会に参加するまでが、人生の最も貴重な自由期間である。

定年後の自由とちがって、反社会的でない限り、なにをしても自由の青春がそこにある。そして、人生の全方位に向けて出発する列車に乗る特権がある。

社会に参加する前の親の庇護下《カサ》の自由な特権階級が、現役の大学生である。なにをしてもよい自由の青春期が、三十年前卒業した母校の正門に立ってよみがえった感がした。

銀杏並木に挟まれたメインストリートには現役の学生たちが屯《たむろ》し、さらにキャンパスのあちこちに設置されたベンチに腰を下ろして、愉《たの》しげに語り合っている。いずれも溌剌《はつらつ》としており、女子学生のファッションは、時代の最先端を反映するかのように華やいで見える。

校舎が増え、学生たちのファッションは異なっても、キャンパスに弾む青春群像は、三十年前の山県が母校で過ごした若き日々とまったく変わっていない。

同期、同級の友の姿がないというだけで、山県は三十年前にタイムスリップしていた。

机を並べた学び舎《や》から、あるいはそれぞれの園名がついたガーデンや、クラブ活動の巣である部室や、学食や、チャペルや、図書館などから、いまにも同期、同級、あるいは学生時代を分けた《シェアした》先輩や後輩たちの顔が現われるような気がした。

教えを受けた教授や、就職の相談をした進路指導課や、カリキュラム証明書、資格の取得などで世話になった教務課や、アルバイト、サークル活動、下宿、健康問題等で面倒をかけた学生生活課のスタッフたちも、顔が替わってしまっている。

だが、キャンパスから立ち上る青春の息吹は、山県の現役時代と同じ様に熱い。

卒業後、クラス会は何度かあったが、母校とは別の場所においてである。

卒業間もなくは比較的頻繁に開かれたが、おおむね十年たつと結婚し、子供が生まれ、家庭を営み、少しわかりかけた仕事に追われるようになる。

さらに十年経過すると、中堅として仕事のラインに組み込まれ、忙しくなると過去を振り返る余裕がなくなってくる。

三十年経過して、子供たちは独立し、定年前後になると、多少、時間と経済的な余裕ができて、ふたたびクラス会が活発になる。

だが、開会ごとに会場は異なり、母校との間に距離が開く。

山県は卒業後、いくつかの会社を転々とした。趣味で始めた俳句を詠み重ねている間に、俳誌「潮騒《しおさい》」を創刊して、主宰者になった。

「潮騒」は順調に発展して、同人には母校のOBやOGも加わるようになった。

歴史と伝統のある俳誌が多い中で、まだ若い俳誌であるが、現代的な句風が若者たちと波長が合ったらしく、若い同人が増えている。

その句勢が、母校同窓会の目に触れたらしく、講演を依頼された。OBとして光栄な依頼であった。

そして、三十年ぶりに母校の正門を潜ったのである。

講演会が始まるまで、多少余裕をもってキャンパスに立った山県は、いままで社会と生活との戦いに追われて、ほとんど忘れかけていた母校の存在をかみしめていた。

当日は、戦後校友会発足六十周年を記念しての全学規模の集いとあり、山県の講演以外にも、各学科別に、演劇、コンサート、セミナーなどが妍《けん》を競う。キャンパスには模擬店が並んで、OB、OG、これに現役が加わり、賑《にぎ》やかに群れ集まっている。

学科ごとの各種行事《イベント》には、別学科のOB、OGも聴講、見学を許されていて、一層に同窓会は盛り上がった。各イベントの後には懇親会がつづいて、懐かしい顔に出会った。

かつて同じ学び舎に机を並べ、キャンパスで夢を語り合った級友たちが、卒業後、社会の八方に相分かれ、それぞれ人生の年輪を刻んだ顔をしていた。

十年一昔というが、三十年となれば三昔前となる。

「おい、山《ヤマ》県さん。久しぶりに学生時代に返ったよ」

と声をかけられた。

声の方角に目を向けると、薄い記憶のある顔が笑っているが、名前をおもいだせない。

「ほーら、忘れたな。クラスメートを忘れるとは、冷たい野郎だな。そういうおれも、あんたが演壇に立って司会者に紹介されなければ、おもいだせなかったよ。ネギだよ、ネギ」

「ネギ……あの根岸《ねぎし》か」

山県はようやくおもいだした。

そこへ数人の男女が集まり、山県を取り巻いた。いずれもクラスメートである。わずかに残っている若き日の面影が、一同を一挙に三十年前に引き戻した。懇親会がクラス会になった。

改めて自己紹介を交わし、近況を報告し合う。

現役時代の話が弾むと同時に、たがいの近況報告が交換されて、この三十年、社会の八方に散ったそれぞれの距離を知った。

全学のOB、OGたちの距離は、さらに全世界に拡大され、全方位、あらゆる地域、国、職業等に展開していることを知って、その源泉である母校を改めて見つめ直す。

それぞれの分野で成功した者もあれば、社会の荒波に水没した者もいる。だが、それが人生のサバイバルレースであり、かつて社会の全方位に向かう行先不明列車の乗車特権を持っていた最終学生の宿命である。

懇親会の後、二次会へ流れた。

クラスメートは十数名、これに合同教室の講義をシェアした隣のクラスから数名が加わった。

母校の町内もかなり様変わりしている。予約もなくなだれ込んだ縄暖簾《なわのれん》が、なんと母校のＯＢの店であり、席を取ってくれた。

想定外のクラス会であるだけに、なんの準備もしていなかったが、三十年前の学生時代に全員が戻っていた。

店主が、

「どんなに騒いでも構わない」

と煽《あお》ったものだから、ますます盛り上がった。

校歌や、応援歌や、各人の近況報告が終わり、共通の想い出話が花盛りになったとき、根岸が山県に、

「オキヌと仲がよかったな。講義中、おまえら二人はいつも最後列の席でいちゃついていただろう」

と話しかけてきた。

「そうそう、おもいだしたわ。お二人さんとも、教室ではいつも最後列だったわね」

冴子《きえこ》が加わった。

「オキヌは銀座のクラブにいたということだが、ほんとかね」

村岡《むらおか》が入ってきた。

「クラスメートは学割にすると誘っていたな」

「学割でも、学生が銀座のクラブには行けねえよ」

話の輪が次第に拡がった。

「山県、おまえは特別無料サービスだったんじゃねえのか」

「そういえば、山県さん、銀座の地理にとても詳しかったわね」

山県はいつの間にかクラス会の肴《さかな》にされていた。

クラスメートに口火を切られて、山県は入学後、しばらく親しくしていた絹江《きぬえ》をおもいだした。

女子学生の多い学園は、他大学に比べて華やかであったが、絹江の存在は特に際立っていた。

彫の深い都会的なマスクに、翳《かげ》があった。最先端のファッションには見向きもせず、自ら工夫した衣装が抜群のプロポーションにぴたりと合って、大輪の花が重なり合って開いたかのような抑制をかけない艶《あで》やかさは、性別を問わず全学の目を集めた。

学生らしさが一ミリもなく、まさに花街に咲き誇る花芯《かしん》のような存在であった。

クラスメートも、彼女の派手すぎる貫禄《かんろく》に押されて近づかない。

絹江は、そんなクラスメートたちは眼中にないかのように、いつも教室最後列の席を占めて、当時としては珍しい欧米の雑誌や、芸能誌に目を向けていた。

最後列を指定席として、もっぱら自分の読書に余念のない山県は、同じく最後列を指定席として教授の講義に耳を傾けず、自分のカプセルに引きこもっているような絹江に興味をもった。

彼女も山県も意識するようになって、二人は言葉を交わすようになった。

彼女は銀座の夜の店に働いており、昼間は閑《ひま》で退屈するので、時間潰《つぶ》しに大学へ来たと言った。

「山県くんは、いつも持ち込んだ本ばかり読んでいるけれど、なんのために進学したの」

と絹江は聞いた。

「もちろん勉強するためだよ。本を読んでいても、教授の講義は聞いているよ」

「凄《すご》いナガラ（ながら族）ね。いまどんな本を読んでいるの」

「海外のミステリーだよ。いまはクイーンの国名シリーズを読んでいる」

「知らない。私、ミステリーはあまり好きじゃないの」

「ミステリーだけじゃないよ。登校するときは、だいたい五冊は鞄《かばん》に入れてくる。通学車中では俳句や純文学、プラットホームで電車を待っているときは時代小説や漫画。図書館では哲学や経済学などと読み分けている。曜日や、季節によっても読み分ける」

「俳句の本から哲学、漫画まで、凄い幅ね」

絹江は感心したように言った。

「君はどんな本を読んでいるの。海外の雑誌や、洋書のようだが」

「官能小説よ」

「えっ、官能小説を原書で読むのかい」

「原書のほうが、ちょっと間隔をおいて迫ってくるので、色っぽいわ。山県くんは、官能小説は読まないの」

「ほかに読むものがないときは読む。でも、パターンがみんな決まっていて、面白いとはおもわない」

「官能小説にはストーリーなんか必要ないのよ。男と女ができることをする。それだけよ。男と女がどんな家庭に生まれ育ち、なにが好きで、なにをして生きているか、そんなことはどうでもいいの。出会った男女ができることをして別れる。その潔いところが面白いのね」

「そう言われてみると、どこから読み始めても面白いし、途中でやめても未練はないね」

そんな話を交わしている間に仲良くなり、

「私の店へ来ない。学割にしてあげるわ」

と絹江から誘われた。

「学割にされても、学生の分際で銀座の一流クラブへは行けないよ」

「だったら、私のサービスにしてあげるわ。社会見学のためにいらっしゃいよ。社会へ出てから役に立つかもよ」

絹江は流し目を使った。それは、すでに学生ではない。花街で鍛え上げた女の蠱惑《こわく》そのものであった。

だが、サービスと聞いて、のこのこと従《つ》いては行けない。大学の教室の一隅の、社会から完全に切り離されたカプセルのような空間で交わす言葉だけで愉《たの》しかった。

教授の講義よりも、夜の世界に通じている絹江の言葉が面白い。

また、絹江も、講義そっちのけに、持ち込んだ本を読み耽《ふけ》っている山県に興味をもったらしい。

二人の交流は大学の片隅の小さなカプセルの中だけであった。

だが、二人のささやかな交際を、カプセルの外へ拡大する機会が訪れた。

絹江からおしえられた海外官能小説の原書を読みたくなり、銀座にある洋書専門店に行った帰途、

「山県くん」

と、突然かけられた若い女性の声の方角に視線を向けると、しとやかな和装をした絹江が街角に立って、微笑んでいた。

キャンパスで会った絹江とまったく別の生物のように、昏《く》れなずむ銀座の夕闇の底に、華やかな熱帯魚となって遊泳している。

山県は一瞬、幻覚かとおもった。

「山県くん、銀座になんの用事なの」

絹江は問いかけた。

「先日、君からおしえてもらった官能小説の原書を買いに来たんだよ」

「あら、嬉《うれ》しいわ。私が推薦した本を、わざわざ銀座まで買いに来てくれるなんて。この後、なにか予定があるの」

「いいや。下宿に帰って買った本を読む」

「だったら、私の店に寄ってらっしゃいな。私のサービスよ。とてもいい社会見学になるわよ」

「とんでもない。おれが行ったら、君の仕事の邪魔になるだけだよ」

「そんなことないって。騙《だま》されたとおもっていらっしゃい。山県くんもいずれは卒業して社会に出るのよ。銀座の夜の予行演習よ」

絹江は手を伸ばして山県の腕を抱えた。銀座が目を覚ましたかのように、残照が未練げにたゆたう空の下に電飾が煌《きら》めき始めている。山県は逃げられなくなった。

こうして連れ込まれた銀座六丁目の彼女の職場「ステンドグラス」は、山県が初めて覗《のぞ》く別世界であった。

ドアを開いて店に入ると同時に、

「いらっしゃいませ」

と多数の艶やかな声を集められて、仰天した。

「私の恋人、同伴よ」

絹江がさりげなく応じて、奥の席へ案内した。まだ時間が早いせいか、十数坪の、それぞれ工夫された位置に配された客席に、客の姿は疎《まば》らである。

間接照明の光の配分が、安らぎに満ちた空間を演出している。すでに指定席に落ち着いている客は、お馴染《なじ》みの女性にかしずかれて、ゆったりとグラスを傾けている。

いずれも一旗揚げた男たちらしい。自信に満ちた場馴《ばな》れが、いかにもエリートたちの隠れ家であることをそれとなくアピールしている。

黒服が恭《うやうや》しく山県の席にセットを運んで来た。

「こちら山県《ヤマ》ちゃん、私のVIPよ。将来の大作家」

絹江が披瀝《ひれき》した。店内の雰囲気から、彼女がこの店に君臨している女王のように感じられた。

間もなく客が次々に現われて、この店ナンバーワンの人気ホステスであることを実証した。

これがきっかけとなって、山県は何度も絹江の店に招《よ》ばれた。すべて絹江のサービスである。

「出世払いよ。高くつくかも」

と絹江は媚《こび》を含んだ流し目を向けた。

数ヵ月後、店の看板近くに絹江に呼ばれた。一緒に店を出たとき、彼女はかなり酔っていた。酔いすぎたので山県を誘ったらしい。

客にエスコートされれば、その後、簡単に別れられなくなる。クラスメートとして心安だてに、彼にエスコートを頼んだのであろう。

絹江の住居は、南青山《みなみあおやま》の瀟洒《しょうしゃ》なマンションの中にあった。

タクシーから抱きかかえるようにして降ろすと、

「山県《ヤマ》ちゃん、今夜は私の家に泊まっていかない」

と部屋まで送り届けた山県に声をかけた。

「とんでもない。女性独りの部屋に図々《ずうずう》しく泊めてもらえないよ」

山県が驚いて言葉を返すと、

「部屋の主の私が泊まれと言ってんのよ。遠慮することはないわ」

絹江の声と共に、猫の鳴き声がした。

「ほら、こぞも、あなたに泊まれと言ってるわよ」

結局、山県は絹江の家に泊まり込む羽目になった。かなり酔っているはずでありながら、絹江は山県のために手際よくソファーベッドを用意してくれた。

六畳一間の殺風景な山県の下宿と異なり、二Kの絹江の住居は、いかにも若い女性の住まいらしく、華やかなインテリアと機能的な部屋割り《ルームプラン》になっている。

絹江は酔っている身体を器用に動かして、山県のために軽い食事を調えてくれた。

「お腹がすいているでしょう。大したものはないけれど、お腹騙しに召し上がって」

と、熱々のカボチャスープに、ニンジン、玉葱《たまねぎ》等を刻み込んだドライカレーを出してくれた。これにワインが添えられ、最後にこくのある香り高いコーヒーが出された。銀座の店や、大学のカプセルの中では決して見せたことのない絹江の一面を見たようにおもった。

「枕が替わって眠りにくいかもしれないけれど、おやすみ」

と言って、絹江は寝室のベッドに入った。

絹江がベッドメイクしてくれたすぐ隣室のソファーに横になった山県は、睡魔に引き込まれるように深い眠りに落ちた。

ずいぶん長い時間眠ったような気がしたが、意外に短かったかもしれない。

違和感をおぼえて目覚めると、いつの間にか絹江がソファーに入り込んでいる。

「眠れないの。一緒に寝《やす》んでもよい」

否《いや》も応もなかった。彼女の家の中のソファーである。

二人はしばしば背中を向け合うような形で横になっていたが、彼女がくるりと反転して折り重なるようになり、山県の口を熱い唇で塞《ふさ》いだ。

「山県《ヤマ》ちゃん、まだ女を知らないでしょう。私がおしえてあげる」

山県は夢うつつのうちに、女体の洗礼を受けた。

下半身が爆発したような快感をおぼえて、絹江の家で過ごした一夜が、すべて夢の中の出来事のように感じられた。

数日後、教室で顔を合わせた二人は、会釈をし合っただけで、特に言葉を交わさなかった。両人共、なんとなく気恥ずかしくおもったようである。

絹江はその後、店に来いと言わなくなった。彼女の家で一夜を過ごした後、二人の間に少し距離ができたようであった。

(やはり、あの夜の出来事は、夢だったのだ)

山県は自分に言い聞かせた。

そして、その後間もなく、絹江の姿を教室で見かけなくなった。中途退学したらしいという噂が級友たちから聞こえた。

山県は、彼女の中退が、あの一夜の夢に起因しているような気がしてならなかった。もしそうだとすれば、あの夜の夢は、夢ではなかったことになる。

山県はしばし、虚脱したようになった。これまで受講していたのは、勉学のためではなく、絹江に会うためであった。不純な学生であるが、教室で彼女に会うことは、彼の青春であった。

登校しても、彼女はすでにキャンパスにいないとおもうと、これまで百花の群落に見えた学園が、荒涼たる原野のように感じられた。

一度でいい、もう一度、絹江に会いたいという想いが募った。

彼女にしてみれば、一夜のプレイにすぎなかったのかもしれない。だが、彼女によって初体験をした山県は、プレイとはおもわなかった。

もう一度会いたいという想いに耐えられなくなって、出勤しているはずの時間帯に、ステンドグラスに電話をかけた。

「絹江さんは退職しましたよ」

黒服の事務的な声が答えた。

「辞めた……どちらへ行ったか、わかりますか」

「さあ、わかりませんね。絹江さんは行先についてはなにも言わず、我々も聞きませんから」

絹江の家の電話は聞いていない。

夜の店の女性は、よりよい収入を求めて、あるいはスカウトされて、転々と移動すると聞いたことがある。

絹江が山県に少しでも未練を残していれば、移動先をおしえてくれるはずである。

あきらめきれない山県は、おもいきって一度呼ばれた絹江のマンションを訪ねた。

だが、管理人から、店の黒服と同じように、「彼女は一ヵ月前に移転した。移転先は知らない」と事務的に告げられた。

こうして山県は、青春のマドンナから置き去りにされたのであった。


「どうした。急に考え込んだりして。オキヌをおもいだしたのか」

根岸が彼の顔を覗き込んだ。

そのときOGの清美《きよみ》が割り込んできた。

「絹江さん……染谷《そめや》絹江さんのことでしょう」

「そうだよ」

「染谷さんは、もう亡くなっているわ」

「亡くなった……」

山県は根岸と顔を見合わせた。

「もう十年以上も前のことよ。あの人、夜の店を転々として、強いアルコール依存症になり、お店も辞めて引きこもり、煙草を吸いながらお酒を飲んでいる間に眠り込んでしまって、失火したの。ご近所が気がついたときは、もう手後れで、消防が駆けつけて来ても救出できなかったそうよ。焼け跡から発見された遺体はほとんど炭化していて、遺骨も性別を見分けられないほどに燃え殻になっていたと聞いたわ」

「それ、本当の話か」

「こんなこと、嘘言わないわよ。染谷さん、十数年前、偶然、私の町内の古い家に移転して来たの。最初は様子がすっかり変わっていて、染谷さんであることに気がつかなかったのだけど、先方から声をかけられて、時どき立ち話をしたわ」

「絹江さん、寂しかったらしく、猫を飼っていたのよ。遺体が猫の骨を抱き締めるようにしていたんだって」

「ホームレスも時どき泊めてやったというわ」

講演から延長したクラス会で聞いた絹江の不幸な消息は、山県に強い衝撃をあたえた。

青春の学園で知り合った絹江は、まさにクラスだけではなく、全校のマドンナとして、男子学生の注目の的であった。

そして、女体の洗礼を授けた彼女が、退学、消息不明になってから今日まで、山県は青春の幻影のように、心の奥にその面影を秘匿していた。

クラスメートから絹江の悲惨な最期を伝えられても、にわかには信じられなかった。

山県はクラスメート以下、学生時代の人脈を手繰って、絹江に関する生前、死後の情報を集めた。

そして、長野県北アルプスの山麓《さんろく》にある町に、彼女の生家があったことを割りだした。現在でもその生家が残っているかどうかは不明であるが、上京、進学前の彼女を知っている者がいるかもしれない。

いまさら、いまは亡き絹江の面影を追ったところで、青春時代に返れるわけではないが、これまでの自分の半生の中で、最も忘れ難い想い出の人の生前に触れたいとおもった。

山県は、GWの民族大移動的喧騒《けんそう》が鎮まったころを見計らって、アルプスの山麓にある小さな町の駅に降り立った。

北アルプスはまだ豊かな残雪を、象嵌《ぞうがん》細工のように嵌《は》め込んでいる。梅雨の前の万物が生き生きとする潑剌《はつらつ》としたこの季節は、信濃路《しなのじ》が最も美しく、夏を迎える前の本来の静謐《せいひつ》な世界を取り戻している。

人脈を手繰り、町外れの残雪の輝く後立山《うしろたてやま》連峰の全貌《ぜんぼう》が視野に入る近所を尋ね歩きながら、山県は、絹江の生家がまだ残っていることを知らされた。

「いまはどなたがお住まいですか」

山県が問うと、「軽い認知症の老女が独り住まいをしている」ということである。たぶん絹江の老母であろう。

認知症と聞いたが、娘のことであれば、多少は憶《おぼ》えているかもしれない。おもいだす可能性もある。

山県は勇躍して、近隣の人からおしえられた生家の前に立った。かなり住み古されているが、庭を含めて手入れが行き届いているようである。

近隣の住人が手伝っているのか、認知症が軽く、自ら手入れに余念がないのかもしれない。

玄関に立ってチャイムを押すと、屋内に気配があり、

「鍵《かぎ》はかかってないよ。お入り」

と返事があり、つづいて、にゃあと鳴く猫の声が聞こえた。

言われた通り玄関のガラス戸を引くと、上がり口に老女が立っていた。足元に猫がうずくまっている。

「突然お邪魔いたしまして、申し訳ございません。私は山県と申す者で、大学時代、染谷絹江さんと同級だった者でございます。こちらが絹江さんのご生家と承り、懐かしさのあまり、突然お邪魔いたしました次第でございます」

と告げた。

「絹江……聞いたような名前だね。まあ、そこは玄関口、汚いところですが、お入りくださんせ」

と、老女は彼を奥の居室らしい、庭に臨む八畳ほどの和室に案内した。

老女の独り暮らしではあるが、民生委員や近所衆が扶《たす》けているのか、屋内は居心地よさそうに整っている。猫のにおいもしない。

老女は手際よく茶を淹《い》れてくれた。お茶請けに、漬物とかりん糖が添えられている。

山県は彼女が本当に認知症であるのか、疑った。

庭の正面には五竜《ごりゅう》、鹿島槍《かしまやり》の連峰が壮大な借景となって聳《そび》え立っている。

「絹江と、クラスメートの山県さんとおっしゃいましたかな。懐かしい名前のような気がするずら」

老女が言った。

皺《しわ》が深く、枯れ木のような手足をしているが、品のいい顔に絹江の面影が少し残っている。絹江から彼の名前を聞いていたのであろう。

「絹江さんとは大学で、ほぼ一年間、ご一緒でした。中退後、絹江さんの消息は絶えていましたが、先日、クラス会で、旧友から絹江さんが亡くなったことを伝えられ、若き日の絹江さんをおもいだしました。懐かしくもあり、悲しくもあり、せめてご生家に、遅ればせながらお悔やみを申し上げたく、まいりました次第です」

「それは、それは、絹江もさぞや喜ぶことでしょう。生きておれば、ますます私に似てきたでしょうな。ふお、ふお、ふお」

と老母は笑った。

そのとき、玄関に老母と共に出迎えた猫が、甘えた声で鳴きながら入って来た。

「絹江は猫が好きでしてなあ、上京してからも飼っていたずらよ。この猫は四代目くらいずら。野良上がりの初代《しょだい》は、なにか悪いものを外で食べたらしく、死んでしまいました」

「亡くなる前、ホームレスを一緒に住まわせていたと聞いております」

「なんでも、家の前に倒れていたので、可哀想になって中に入れて、看病したそうずら」

「ホームレスは、その後、どうなったのでしょう」

「よくなって、礼を言って出て行った、と聞いてますがな」

「世話をしていたホームレスと猫がまだ生きていたら、絹江さんも死なずにすんだかもしれませんね」

「東京などに出なければ、あんなことにならずともすんだかもしれません。私は、絹江がまだ、いまどっかで生きているような気がしてなりませんのじゃ」

老母は悲しげな顔をした。

「謹んでお悔やみを申し上げます。ご焼香をさせていただけますか」

「この家には仏壇はありません。私の両親が……絹江の祖父母が亡くなってから、仏壇は廃止しましたんじゃ」

山県は心ばかりのご仏前を老母に渡して、暇乞《いとまご》いをした。

玄関口まで送ってくれた老母は、暇乞いをする山県の背に、

「絹江は大学に進学して、山県さんと同級であった一年間、本当の青春だったと言ってました。山県さんとずっとおつき合いしていれば、あんなことにはならなかったずらよ」

と言った。

振り返ると、玄関口に立った老母の目尻《めじり》から、一筋の涙が頰を伝っている。

そのとき、山県は懐かしい香りを嗅《か》いだ。いつ、どこでその香りを嗅いだのか、おもいだせないが、遠い昔にたしかに嗅いだ記憶のある香りであった。

五竜、鹿島槍、爺《じい》ヶ《が》岳《たけ》などの後立山連峰に見送られるようにして、山県は帰りの列車に乗った。

絹江も上京前、四季を通して、朝な夕な眺めて過ごした後立山を、いま山県が見ている。絹江の幻影が、いまでもこの山麓の町に生きているような気がした。

列車が後立山に沿うようにして南下して行く。松本《まつもと》が近づいてきたとき、老母がなにげなくつぶやいた、「この猫は四代目くらいずら。野良上がりの初代は、なにか悪いものを外で食べたらしく、死んでしまいました」という言葉がよみがえった。

認知症が進んでいる老母にしては、明確な記憶である。

山県の突然の訪問を接遇した老母に、まったくといっていいほど精神の衰退は見られなかった。

母娘《おやこ》であるから当然であるとしても、老母の顔に絹江の若き日の面影が、なんの違和感もなくオーバーラップした。

老母が若き日に絹江を出産したとしても、母娘の隔たりは二十年前後であろう。とすれば、老母の現年齢は山県よりも、約二十歳年長ということになろう。

そのように考えると、老母は若い。若すぎるかもしれない。

山県が生家の玄関口に立ったとき、老母は彼の突然の訪問にもかかわらず、予測していたかのように迎えてくれた。

そのとき、山県の脳裡《のうり》に電光のように連想が走った。それは途方もない発想であり、連想である。

（もしかして、彼を迎えてくれた老母が、実は絹江その人ではなかったのか）

ふと脳裡に走った連想は、たちまち煮詰まった。

いまにしておもえば、生家に仏壇はなく、線香のにおいもしなかった。

アルコール依存症に陥った絹江は、泥酔して、煙草の火から失火した。気がついたときは火の手がまわっており、自力で動けぬホームレスを救出する間もなかった。着の身着のまま自分一人が逃げ出すのが精一杯であったであろう。

そして、自らの失火の中にホームレスと愛猫を置き去りにした罪の意識に怯《おび》えて、生家に隠れていた。

山県の青春を彩った女神は、文字通り幻影となって消えた。

だが、すべては彼の憶測にすぎない。老いさらばえてはいても、昔の面影を残す絹江を生かしておきたかったのである。

そこから発想した幻想にすぎない、と山県は自分に言い聞かせた。

染谷絹江の生家を訪問してから、一週間ほど後、山県に一通の手紙が配達された。差出人名を見て、山県は目をこすった。染谷絹江と繊細な女性の文字で書かれている。住所も彼女の生家になっている。

封を切る手ももどかしく開いた便箋《びんせん》には、次のような文言が記述されていた。

「――お久しぶりでございます。先日はとうに死んでいる私を、長い歳月をはさんで忘れもせず、郷里の生家にお訪ねいただき、夢かとばかり驚きました。

短い期間ながら、青春を共有《シェア》したあなたさまのことは、生涯忘れません。せっかくお訪ねくださったのにもかかわらず、老醜の私をさらすのが恥ずかしく、母と偽りました。でも山県くんは、私であることに気がついていたようです。

私は酒におぼれて、自分を失いました。そして銀座も辞め、酒浸りの生活をしている間、お酒だけでは癒《いや》せない寂しさを埋めようとして、猫を飼い、母を郷里から呼び寄せました。猫は酒浸りの私に愛想をつかして、母に懐いていました。母はすでに足腰が弱くなり、自力で動けなくなっていました。私は、そんな母を邪険に扱い、近所にはホームレスと偽っていました。

そして、あの日、私は酔いつぶれ、煙草の残り火から失火しました。母は動けぬ身体でいざって私に知らせようとしましたが、気がついたときは火の手がまわっていました。母を引きずって避難しようとしたのですが、時すでに遅く、母は『私にかまわず一人で逃げなさい。私はもう充分に生きた』と、私の手を振り払い、こぞ、飼い猫の名前ですが、を抱き締めました。こぞも火に怯えて母の腕の中で丸くなっていました。

燃え落ちた家の中から、どうやって私一人が逃げ出せたのか、まったく記憶にありません。母とこぞが私の身代わりになって扶けてくれたのだとおもっています。私は母になりすまし生家に帰りました。そして、母そのものになりきってしまいました。

私のために死んでくれた母とこその命を引き継いで、私は生きようとおもいました。そして、こぞは四代目になりました。

学園で一年、山県くんとシェアした青春は、すべての記憶を忘れた後でも、私の心に深く刻まれています。お酒に溺《おぼ》れて自分を失ってしまっても、山県くんとのことは、私の胸の奥に深く秘蔵しています。過日、山県くんと再会して、遠い昔にタイムスリップしたような気がしました。

でも、それは結局、幻影にすぎず、いまの私は老いさらばえ、自分自身を失っています。私は一度限りの人生を、お酒のために棒に振ってしまいました。母を引き継いでちょうど十年目に山県くんに再会できたのは、私の代わりに死んだ母とこその霊のおかげだとおもいます。私はこれから、母を引き継いだ私から、また私自身へと戻り、お酒をやめるように努力して、短い老い先を私自身として生きていこうとおもいます。

そのきっかけをあたえてくれた山県くんに、心から感謝します。

三十余年前に初めて山県くんと出会った学園の教室をおもいだしながら、この手紙を書きました。投函《とうかん》しようか、しまいか、ポストの前まで何回も往復して、おもい切って投函しました。

山県くんにふたたび出会って、私は余生という言葉を見つめ直しています。余った生ではなく、お酒と訣別《けつべつ》して、自分を本当に取り戻す生が余生なのだと。そのために、私はふたたび生家から出ました。

山県くん、本当にありがとう。もうお会いすることはないとおもいます。だって、山県くんに会ったら、私の家に転がり込んで来たホームレスのように甘えてしまいそう。私はこぞを道連れに、私の道を行きます。私が山県くんに会いに行かないことは、私が余生をちゃんと生きているということだとおもってください。さようなら。――」

手紙は以上で終わっていた。

山県は、しばし呆然《ぼうぜん》としていた。絹江はやはり老耄《ろうもう》している。母親とホームレスの区別がつかなくなっている。

家出をしたのは、余生を生きるためではなく、山県との再三の出会いを避けるためであるかもしれない。

やはり絹江に会うべきではなかった。山県が生家を訪問しなければ、絹江は心温かい隣人たちに扶《たす》けられて、安らかな余生を送れたであろう。

そこに突然、山県が姿を現わし、遠い昔をおもいださせて、彼女を混乱させてしまった。保障されない余生を、自分自身を取り戻したと錯覚して、老いたる絹江の行く末は見えている。

「絹江さん、さようなら」

手紙を読み終えた山県は、遠い青春に永遠の訣別を告げた。

解説

山《やま》前《まえ》　譲《ゆずる》（推理小説研究家）

長編短編あわせて数多くの作品を発表してきた森村誠一《もりむらせいいち》氏はこれまで、角川ｏｎｅテーマ21の『作家とは何か　――小説道場・総論』や『小説の書き方　――小説道場・実践編』などで、自身の創作手法を惜しげもなく公開してきた。たとえば二〇〇〇年十一月に刊行された短編集『法王庁の帽子』には、こんな「著者のことば」を寄せている。

短編の身上は切れ味とスピードにある。山あり坂ありの起伏に富んだ長編がマラソンならば、短編は短距離で一気に結論を出さなければならない。質量の中に挽回《ばんかい》のきく長編と異なって、わずかなミスも許されない。

本書『最後の矜持』に収録された六作の短編にも、こうした緊張感が満ちているのはあえて指摘するまでもない。

前半の三作は森村作品ではお馴染《なじ》みのキャラクターが、すなわち「音の架け橋」では作家の北村直樹《きたむらなおき》が、「殺意を運ぶ鞄」では新宿《しんじゆく》署の牛尾《うしお》正直《まさなお》が、そして「後朝《きぬぎぬ》の通夜」では警視庁捜査一課那須《なす》班の棟居《むねすえ》弘一良《こういちろう》が、メインの探偵役として登場している。彼らが共演する作品も多くあり、森村ミステリーワールドの核となってきた。

「音の架け橋」は新しい連載の構想に行き詰まった北村に作家仲間の山林《やまばやし》が、夏休みの家族旅行中、自宅を使ってくれないかと持ちかける。気分転換になるだろうとその申し出を受け入れた北村だが、いざ作品を書き出そうとしたとき、轟音《ごうおん》に驚かされた。それは米空母艦載機の陸上基地を発着する飛行機の音だった。北村はなんとか身（耳）をならそうとしたが、すると日常で多様な音と同居していることに気づく。彼本来の好奇心がむくむくと頭をもたげてきた。そして近所で殺人事件が起こるのだった。

北村は会社員から新人賞受賞を機に作家となった。初登場作は一九八七年刊の『腐蝕花壇』で、新宿歌舞伎町《かぶきちよう》のラブホテルで発見された政財界の黒幕の変死体など三つの事件が絡み合っていくなかで、巨大な悪が暴かれていく。そんな事件に北村は偶然迷い込んでしまうのだ。

北村のサイン入り時計を持つ男の死体が発見された『殺人の祭壇』、北村の著書が死体遺棄の現場から発見される『死都物語』、見知らぬ女性からの手紙が北村を戸惑わせた『偽完全犯罪』など、警察官である牛尾や棟居とは違い、長編では北村は日常生活から事件に巻き込まれていくパターンが特徴的である。

短編の「恋刑」によれば、〝地味だが、社会の断面を抉《えぐ》る鋭い切口の作風で安定した読者層を維持している〟そうだ。『人間の証明』の棟居や『駅』の牛尾のように、初登場作で自身のアイデンティティーにかかわる事件に直面していた刑事に比べると、北村はちょっと印象が薄いかもしれないので、事件簿を少し詳しく紹介してみた。脇役的な存在の作品も少なくないのだが、変ったところでは、熱海《あたみ》市で展開されたミステリーイベント「アタミステリー紀行」の問題編として書かれた短編「後朝のコーヒー」にも登場していた。

やはり「恋刑」で、〝彼は作品の種類やそのときの気分に応じて書く場所を変える。街を歩いていて気分がおもむけば、目についたホテルや旅館へ飛び込んで書く〟とある。「音の架け橋」の発端も自然なのだ。そして特に短編では北村の作家的好奇心が強調されているようだ。作者自身の好奇心がそこに反映されているとしてもいいだろう。

「殺意を運ぶ鞄」は会社帰りの通勤電車で鞄を取り違えた藤波《ふじなみ》の心情がリアルである。自分のものではないその鞄には、なんと三千万円が入っていたのだ。そこには下城保《しもじょうたもつ》なる人物の名刺も入っていた。きっと鞄の所有者だろう。連絡しなければ……。しかし、大金の誘惑に負けてしまった藤波である。自分の鞄には身許を示すものは何も入っていなかったはずだ。そして三千万円を紛失したという届け出の報道もない。自由に使えるのではないか？　と考え、行きつけの飲み屋の女にプレゼントを買ってしまうのだった。

ところが下城保なる人物が殺されたとテレビのニュースが報じる。死体が発見されたのは新宿区大久保《おおくぼ》のアパートだ。となれば牛尾刑事の出番である。長年の相棒である青柳《あおやぎ》刑事との堅実な捜査が始まる。一方、藤波は――。牛尾の推理の伏線がじつに巧みに張られている。新宿という街を繊細に描いた連作集『殺人のスポットライト』など、牛尾刑事は短編でも活躍しているが、彼の実直な捜査ぶりと弱者に向けた視線がいつも印象的だ。

警視庁捜査一課那須班の椎谷《しいや》刑事の葬儀が行われているのは「後朝の通夜」である。正義感溢《あふ》れる彼は休み《オフ》の日にコンビニで強盗犯に出くわしてしまう。もちろん犯人に立ち向かっていったのだが、刺されて命を落としてしまったのだ。その葬式に列席した棟居は、とりわけ悲嘆に打ちひしがれている二十代前半の女性が気になった。椎谷の恋人なのか？

一年後、捜査で一周忌に出ることの叶《かな》わなかった棟居は、椎谷の菩提寺《ぼだいじ》に墓参りに行く。そこで出会ったのがあの女性だった。それがコンビニ強盗事件を再検討する切っ掛けとなるのだ。警察官の重い使命が、そして誇りが胸に迫る。警視庁捜査一課那須班のメンバーは棟居が登場する前から森村作品における犯罪捜査を担っていた。シリーズキャラクターという意味では、もっとも登場しているキャラクターかもしれない。

後半の三作からはより本書のタイトルのイメージが伝わってくるだろう。

神奈川県は丹沢山麓《たんざわさんろく》の沼で、ビニールシートに包まれた男性の死体が発見されているのは「ラストシーン」である。死後半年以上経っていて、死因は鈍器による脳挫傷《のうざしょう》だったが、身許がつかめず捜査は暗礁に乗り上げてしまう。

物語は埼玉県熊谷《くまがや》市に転じる。同僚の死で定年前に脱サラを決意した前原《まえはら》の郷里で、彼はレストランを開業したのだ。幸い評判が良く、店の前に行列ができるようになった。妻とシェフ、そして非常勤の従業員で回していたのだが、手が足りなくなってきた。そこで常雇《レギユラー》いの従業員を入れることにしたのだが……。

一流商社の課長から、人生のラストシーンに新たな視野を展開して、まったく畑違いのレストラン経営に励み、自分の城を確立する――。そのプロセスからは森村作品ならではの鋭い分析が伝わってくる。そして思いもよらぬラストシーンを迎えてしまった前原……。それはもちろんまったく予定外のことだった。

余生とは一般的には盛りをすぎたあとの残りの人生を意味している。森村氏は「老進気鋭」などのエッセイで、人生を大きく三期に分けていた。仕込みの時代の第一期、社会人の仲間入りをした現役時代の第二期、そして六十歳を一応の引退時点と区切って寿命までの第三期である。長寿社会となってこの第三期、すなわち余生の期間が長くなった。森村氏は第三期を自分のために生きる人生の総決算期だとしている。

「ラストシーン」の前原は意欲満々に自由な余生へと船出した。ところが「余命の正義」の北野純一《きたのじゅんいち》はまだ四十九歳だが、がんを宣告されて自分のラストシーンが突然迫ってきたことに動揺している。だが、余生を意識したことでありふれた日常もまた違った景色に映るのだった。そして残された余命でなにをすべきか決断する。余命のあるうちに返済しなければならない人生の債務を意識しはじめるのだ。

二〇〇三年に刊行された『誉生の証明』は、森村作品においてひとつのターニングポイントとなる長編だった。多数の犠牲者を出したバス転落事故でからくも死を免れた男女四人が、八ヶ岳《やつがたけ》の山荘で共同生活を始める。ところがトラブルに巻き込まれて、名誉ある余生をおくるために立ち上がるのだった。「誉生」という森村氏らしい造語が、その作品に相前後して森村作品における重要なキーワードとなっていく。「余命の正義」の北野はまさに誉生の道を選んでいる。後半、殺人事件の捜査に携わっている帯広《おびひろ》は、『棟居刑事の砂漠の喫茶店』で定年間近に執念の捜査を見せている刑事と同姓だ。
最後の「青春の遺骨」は本書が初収録の作品である。大学を卒業して三十年、俳誌を主宰している山県《やまがた》は、母校同窓会から講演を頼まれた。久々に学び舎《や》の正門を潜り、かつてのクラスメートと再会したとき、彼はタイムスリップするのだった。青春のマドンナとの鮮烈な思い出に……。余生の重い意味が読者の胸に迫ってくるに違いない。
前述の『法王庁の帽子』の「著者のことば」にはこのようにも書かれていた。

ここに選んだ短編は、いずれも激流のようにライフサイクルの速い現代を切り取った作品である。人生のフラッシュライトのような短編に、読者との潜在的《サブリミナル》な共鳴を期待した。

こうした森村氏の短編の創作に込めた思いは、本書収録の六作にも通底している。読み進めていけばきっと「共鳴」するに違いない。

収録作品出典一覧

音の架け橋　『殺人劇場』（ハルキ文庫、二〇〇一年十二月）
殺意を運ぶ鞄　『マーダー・リング』（光文社文庫、二〇一二年十二月）
後朝の通夜　『喪失』（徳間文庫、二〇一一年三月）
ラストシーン　『人間の天敵』（文春文庫、二〇〇八年五月）
余命の正義　『死を描く影絵』（講談社文庫、二〇〇三年九月）
青春の遺骨　「小説　野性時代」（二〇一四年一月号付録）

※本書は角川文庫オリジナルアンソロジーです。

最後《さいご》の矜持《きょうじ》

森村誠一傑作選《もりむらせいいちけつさくせん》

森村誠一《もりむらせいいち》　山前《やままえ》 譲《ゆずる》＝編

令和５年 ５月25日　初版発行
令和６年 １月15日　３版発行

発行者●山下直久

発行●株式会社KADOKAWA
〒102-8177　東京都千代田区富士見2-13-3
電話　0570-002-301（ナビダイヤル）

角川文庫 23655

印刷所●株式会社KADOKAWA
製本所●株式会社KADOKAWA

表紙画●和田三造

●お問い合わせ
https://www.kadokawa.co.jp/（「お問い合わせ」へお進みください）
※内容によっては、お答えできない場合があります。
※サポートは日本国内のみとさせていただきます。
※Japanese text only

ISBN 978-4-04-113557-0　C0193

角川文庫発刊に際して

角川源義

第二次世界大戦の敗北は、軍事力の敗北であった以上に、私たちの若い文化力の敗退であった。私たちの文化が戦争に対して如何に無力であり、単なるあだ花に過ぎなかったかを、私たちは身を以て体験し痛感した。西洋近代文化の摂取にとって、明治以後八十年の歳月は決して短かすぎたとは言えない。にもかかわらず、近代文化の伝統を確立し、自由な批判と柔軟な良識に富む文化層として自らを形成することに私たちは失敗して来た。そしてこれは、各層への文化の普及滲透を任務とする出版人の責任でもあった。

一九四五年以来、私たちは再び振出しに戻り、第一歩から踏み出すことを余儀なくされた。これは大きな不幸ではあるが、反面、これまでの混沌・未熟・歪曲の中にあった我が国の文化に秩序と確たる基礎を齎らすためには絶好の機会でもある。角川書店は、このような祖国の文化的危機にあたり、微力をも顧みず再建の礎石たるべき抱負と決意とをもって出発したが、ここに創立以来の念願を果すべく角川文庫を発刊する。これまで刊行されたあらゆる全集叢書文庫類の長所と短所とを検討し、古今東西の不朽の典籍を、良心的編集のもとに、廉価に、そして書架にふさわしい美本として、多くのひとびとに提供しようとする。しかし私たちは徒らに百科全書的な知識のジレッタントを作ることを目的とせず、あくまで祖国の文化に秩序と再建への道を示し、この文庫を角川書店の栄ある事業として、今後永久に継続発展せしめ、学芸と教養との殿堂として大成せんことを期したい。多くの読書子の愛情ある忠言と支持とによって、この希望と抱負とを完遂せしめられんことを願う。

一九四九年五月三日

角川文庫ベストセラー

新版　悪魔の飽食
日本細菌戦部隊の恐怖の実像
森村誠一

日本陸軍が生んだ〝悪魔の部隊〟とは？　世界で最大規模の細菌戦部隊は、日本全国の優秀な医師や科学者を集め、三千人余の捕虜を対象に非人道的な実験を行った。歴史の空白を埋める、その恐るべき実像！

新版　続・悪魔の飽食
森村誠一

戦後第七三一部隊の研究成果は米陸軍細菌戦研究所に受け継がれ、朝鮮戦争にまで影響を与えた。幻の部隊〝石井細菌戦部隊〟を通して、集団の狂気とその元凶たる〝戦争〟を告発する衝撃のノンフィクション！

悪魔の飽食　第三部
森村誠一

一九八二年九月、著者は戦後三十七年にして初めて〝悪魔の部隊〟の痕跡を辿った……第一、二部が加害者の証言の上に成されたのに対し、本書は現地取材に基づく被害者側からの告発の書である。

人間の証明
森村誠一

ホテルの最上階に向かうエレベーターの中で、ナイフで刺された黒人が死亡した。棟居刑事は被害者がタクシーに忘れた詩集を足がかりに、事件の全貌を追う。日米合同の捜査で浮かび上がる意外な容疑者とは⁉

新装版　青春の証明
森村誠一

警官が襲われるのを目撃しながら見殺しにした男が、汚名をそそぐために警官に転職した。胸の内に深く傷を負った彼が青春をかけて証明しようとしたものとは⁉　「証明」シリーズ第二作。

角川文庫ベストセラー

野性の証明　森村誠一

山村で起こった大量殺人事件の三日後、集落唯一の生存者の少女が発見された。少女は両親を目前で殺されたショックで「青い服を着た男の人」以外の記憶を失っていたが、事件はやがて意外な様相を見せ⁉

棟居刑事の復讐　森村誠一

殉職した同僚のために〝復讐捜査〟を開始した。そして、女性被害者の身辺を調査中、遺書から二十八年前に起きた棄児事件の古い新聞記事が見つかった。「棟居刑事シリーズ」第一弾。

棟居刑事の情熱　森村誠一

総理への闇献金を運ぶ途中で殺された電鉄社員。新宿のマンションで死体で見つかったホステス。2つの犯罪の思わぬ関連を、警視庁捜査一課の棟居弘一良が暴きだす。森村誠一の代表作、待望の新装版。

棟居刑事の推理　森村誠一

赤坂の高級クラブで日本最大の組織暴力団組長が狙撃され、直ちに幹部会議による報復が決議された。一方、多摩川河川敷に男の死体。死体の傍には、1個の「呼び子」が……人気シリーズ第3弾。

棟居刑事　悪の山　森村誠一

雪の北アルプスを舞台にした悪の前触れ——。棟居刑事の手元に残された1枚の写真が人間の憎悪を暴く、森村山岳推理小説の大作。

角川文庫ベストセラー

棟居刑事の凶存凶栄　森村誠一

文芸誌の新人賞受賞を契機に作家へと転身を図る香山。が、原稿依頼もなく追い詰められた彼は、路上で小説を売る男から買った作品を発表し、一躍名声を得るのだが……表題作を含む7篇を収めた傑作短編集。

棟居刑事の悪の器　森村誠一

アパートの一室で若い女性の絞殺死体が発見された。新興宗教の元本部でも同様の手口による女性の死体が発見され、さらに同日、二つの現場の中間点で轢き逃げ事件が。三点を繋ぐ見えない糸に棟居刑事が迫る！

街　森村誠一

かつて人気歌手だった蓼科由里が新宿中央公園で殺害された。牛尾刑事は、彼女のネックチェーンが別件の殺人被害者の物と知り驚愕する。さらに浮上した容疑者らが次々に不審な死を遂げ……傑作長編ミステリ！

流星の降る町　森村誠一

日本最大の暴力団が企てた、町の乗っ取り作戦。前代未聞の陰謀に、元軍人や元泥棒など、第一線を退いた七人の市民が立ち上がる。逃げ続けていたそれぞれの人生の復活を賭けた戦いに、勝ち目はあるのか――。

海の斜光　森村誠一

轢き逃げで息子を失い、妻にも先立たれた作家の成田は、佐賀へ傷心を癒す旅に出た。旅先で知り合った女性と心を通わせる成田だったが、数日後、唐津の名勝・七ツ釜で女性が水死体となって発見され!?

角川文庫ベストセラー

さすらい　赤川次郎

日本から姿を消した人気作家・三宅。彼が遠い北欧の町で亡くなったという知らせを受けた娘の志穂は、遺骨を引き取るため旅立つ。最果ての地で志穂を待ち受けていたものとは。異色のサスペンス・ロマン。

スパイ失業　赤川次郎

アラフォー主婦のユリは東ヨーロッパの小国のスパイをしていたが、財政破綻で祖国が消滅してしまった。入院中の夫と中1の娘のために表の仕事だった通訳に専念しようと決めるが、身の危険が迫っていて……。

赤川次郎ベストセレクション①
セーラー服と機関銃　赤川次郎

父を殺されたばかりの可愛い女子高生星泉は、組員四人のおんぼろやくざ目高組の組長を襲名するはめになった。襲名早々、組の事務所に機関銃が撃ちこまれ、早くも波乱万丈の幕開けが――。

赤川次郎ベストセレクション②
セーラー服と機関銃・その後――卒業――　赤川次郎

星泉十八歳。父の死をきっかけに〈目高組〉の組長になるはめになり、大暴れ。あれから一年。少しは女らしくなった泉に、また大騒動が！　待望の青春ラブ・サスペンス。

赤川次郎ベストセレクション③
悪妻に捧げるレクイエム　赤川次郎

女房の殺し方教えます！　ひとつのペンネームで小説を共同執筆する四人の男たち。彼らが選んだ新作のテーマが妻を殺す方法。夢と現実がごっちゃになって……新感覚ミステリの傑作。

角川文庫ベストセラー

箸墓幻想　内田康夫

邪馬台国の研究に生涯を費やした考古学者・小池拓郎が殺される。浅見光彦は小池が寄宿していた当麻寺の住職から事件解決を依頼され、早春の大和路へ。古代史のロマンを背景に展開する格調高い文芸ミステリ。

幻香　内田康夫

浅見のもとに届いた1通の手紙から、華やかな香りが立ち上った。示された待ち合わせ場所で新進気鋭の調香師殺人事件に巻き込まれた浅見。その前に現れた三人の美女とは——。著作一億冊突破記念特別作品。

地の日　天の海　(上)(下)　内田康夫

若き日の天海は光秀、秀吉、信長ら戦国の俊傑と出会い、動乱の世に巻き込まれていく。その中で彼が見たものとは。「本能寺の変」に至る真相と秀吉の「中国大返し」という戦国最大の謎に迫る渾身の歴史大作！

鐘　内田康夫

浅見家の菩提寺、聖林寺の不気味な鐘の音が夜中に鳴り渡った。翌日、その鐘から血が滴っていたと分かり、鐘の紋様痕を付けた男の他殺体が隅田川で発見される。不可解な謎に潜む人間の愛憎に浅見光彦が挑む！

遺譜　浅見光彦最後の事件　(上)(下)　内田康夫

知らない間に企画された34歳の誕生日会に際し、ドイツ出身の美人ヴァイオリニストに頼まれともに丹波篠山へ赴いた浅見光彦。祖母が託した「遺譜」はどこにあるのか——。史上最大級の難事件！

角川文庫ベストセラー

軌跡　今野 敏

目黒の商店街付近で起きた難解な殺人事件に、大島刑事と湯島刑事、そして心理調査官の島崎が挑む。（「老婆心」より）警察小説からアクション小説まで、文庫未収録作を厳選したオリジナル短編集。

熱波　今野 敏

内閣情報調査室の磯貝竜一は、米軍基地の全面撤去を前提にした都市計画が進む沖縄を訪れた。だがある日、磯貝は台湾マフィアに拉致されそうになる。政府と米軍をも巻き込む事態の行く末は？　長篇小説。

鬼龍　今野 敏

鬼道衆の末裔として、秘密裏に依頼された「亡者祓い」を請け負う鬼龍浩一。企業で起きた不可解な事件の解決に乗り出すが……恐るべき敵の正体は？　長篇エンターテインメント。

豹変　鬼龍光一シリーズ　今野 敏

世田谷の中学校で、3年生の佐田が同級生の石村を刺す事件が起きた。だが、取り調べで佐田は何かに取り憑かれたような言動をして警察署から忽然と消えてしまった——。異色コンビが活躍する長篇警察小説。

殺人ライセンス　今野 敏

高校生が遭遇したオンラインゲーム「殺人ライセンス」。ゲームと同様の事件が現実でも起こった。被害者の名前も同じであり、高校生のキュウは、同級生の父で探偵の男とともに、事件を調べはじめる——。

角川文庫ベストセラー

夜ごと死の匂いが　西村京太郎

夏の暑い夜、都内で連続して殺人事件が起こる。若い女性だけを狙う殺人鬼の仕業か？　被害者の共通項が見つからず、捜査は難航する。十津川警部と亀井の名コンビの推理が冴えわたるサスペンス。全7編収録。

十津川警部「告発」　西村京太郎

十津川警部の旧友・原口が雲仙で死体として発見された。彼は生前、何かにひどく怯えていたという。十津川は原口の勤めていた会社・メディアX社に赴く。捜査が進むにつれ、その会社のきな臭い噂が耳に届き。

特急「ゆうづる3号」の証言　西村京太郎

一人旅を楽しんでいた三浦あや子は田沢湖で青年実業家・田代の車に拾われる。しかし、車中で乱暴されてしまう。そのとき傍らの線路を特急「ゆうづる3号」が通過した……。鉄道ミステリー集！

中央線に乗っていた男　西村京太郎

鑑識技官・新見格の趣味は、通勤電車で乗客を観察しスケッチすること。四谷の画廊で開催された個展を十津川警部が訪れると、新見から妙な女性客が訪れたことを聞かされる――十津川警部シリーズ人気短編集。

哀切の小海線　西村京太郎

東京の府中刑務所から、1週間後に刑期満了で出所するはずだった受刑者が脱走。十津川警部が、男が逮捕されるにいたった7年前の事件を調べ直してみると、原発用地買収問題にぶちあたり……。

角川文庫ベストセラー

殺人の門　東野圭吾

あいつを殺したい。奴のせいで、私の人生はいつも狂わされてきた。でも、私には殺すことができない。殺人者になるために、私には一体何が欠けているのだろうか。心の闇に潜む殺人願望を描く、衝撃の問題作！

さまよう刃　東野圭吾

長峰重樹の娘、絵摩の死体が荒川の下流で発見される。犯人を告げる一本の密告電話が長峰の元に入った。それを聞いた長峰は半信半疑のまま、娘の復讐に動き出す――。遺族の復讐と少年犯罪をテーマにした問題作。

使命と魂のリミット　東野圭吾

あの日なくしたものを取り戻すため、私は命を賭ける――。心臓外科医を目指す夕紀は、誰にも言えないある目的を胸に秘めていた。それを果たすべき日に、手術室を前代未聞の危機が襲う。大傑作長編サスペンス。

ラプラスの魔女　東野圭吾

遠く離れた2つの温泉地で硫化水素中毒による死亡事故が起きた。調査に赴いた地球化学研究者・青江は、双方の現場で謎の娘を目撃する――。東野圭吾が小説の常識をくつがえして挑んだ、空想科学ミステリ！

超・殺人事件　東野圭吾

人気作家を悩ませる巨額の税金対策。思いつかない結末。褒めるところが見つからない書評の執筆……作家たちの俗すぎる悩みをブラックユーモアたっぷりに描いた切れ味抜群の8つの作品集。

角川文庫ベストセラー

今夜は眠れない

宮部みゆき

中学一年でサッカー部の僕、両親は結婚15年目、ごく普通の平和な我が家に、謎の人物が5億もの財産を母さんに遺贈したことで、生活が一変。家族の絆を取り戻すため、僕は親友の島崎と、真相究明に乗り出す。

あやし

宮部みゆき

木綿問屋の大黒屋の跡取り、藤一郎に縁談が持ち上がったが、女中のおはるのお腹にその子供がいることが判明する。店を出されたおはるを、藤一郎の遣いで訪ねた小僧が見たものは……江戸のふしぎ噺9編。

お文《ふみ》の影

宮部みゆき

月光の下、影踏みをして遊ぶ子どもたちのなかにぽつんと女の子の影が現れる。影の正体と、その因縁とは。「ぼんくら」シリーズの政五郎親分とおでこの活躍する表題作をはじめとする、全6編のあやしの世界。

おそろし
三島屋変調百物語事始

宮部みゆき

17歳のおちかは、実家で起きたある事件をきっかけに心を閉ざした。今は江戸で袋物屋・三島屋を営む叔父夫婦の元で暮らしている。三島屋を訪れる人々の不思議話が、おちかの心を溶かし始める。百物語、開幕！

あんじゅう
三島屋変調百物語事続

宮部みゆき

ある日おちかは、空き屋敷にまつわる不思議な話を聞く。人を恋いながら、人のそばでは生きられない暗獣〈くろすけ〉とは……宮部みゆきの江戸怪奇譚連作集「三島屋変調百物語」第2弾。